도리스 레싱의 『황금빛 노트』와 상호의존적 자아

Doris Lessing's *The Golden Notebook* and the Interdependent Self

도리스 레싱의 『황금빛 노트』와 상호의존적 자아

Doris Lessing's *The Golden Notebook* and the Interdependent Self

최미양 著

목　차

I. 서 론

도리스 레싱(Doris Lessing)은 전후 영국을 대표하는 소설가 중의 한 사람이다. 그녀는 아버지가 테헤란에서 은행원으로 일하고 있었던 관계로 1919년 페르시아(현재의 이란)에서 출생했다. 그리고 네 살 되던 해에 그녀의 아버지가 농장을 경영하기위해 아프리카의 남부 로데시아(Southern Rhodesia)(현재 짐바브웨 Zimbabwe)로 이주함으로써 레싱은 1949년 영국으로 건너오기 전까지 아프리카에서 살았다. 아프리카에서 아버지의 농장은 성공적이지 못했고 레싱의 가족은 가난을 면치 못했는데, 농장의 실패는 대체로 아버지의 비현실적이고 이상주의적 성향 때문이었다. 아버지와는 달리 그녀의 어머니는 현실적이고 담대한 사람이었는데 레싱은 이 두 상반된 성격이 갈등하는 것을 보면서 자라났다. 레싱은 두 번 결혼하는데 두 번 모두 이혼으로 끝났다. 첫 번째 결혼에서 낳은 아들과 딸은 남편에게 맡겼으며 두 번째 결혼에서 낳은 아들은 함께 런던으로 왔다. 런던으로 온 레싱은 1950년 『풀잎은 노래한다』(*The Grass is Singing*)를 발표하고 호평을 받음으로써 작가로서 성공적인 출발을 하게 된다.

런던에 온 이후 레싱의 삶에서 주목할 만한 것은 먼저 영국 공산당원으로서의 활동이다. 그녀는 1952년에 영국 공산당에 입당하여 1956년에 탈당하는데 그 사이에 그녀는 노동자 출신 작가들을 지원하기 위한 잡지 『데이라이트』(*Daylight*)의 편집을 돕기도 하고, 『뉴리즈너』(*New Reasoner*)라는 맑스주의 잡지를 위해 일하기도 했다. 사실 공산주의에 대한 레싱의 관심은 아프리카에서 살던 시절부터 시작했다. 공산주의가 인종차별을 종식시켜줄 것이라고 생각한 레싱은 이차대전 중에 로데시아의 공산주의 그룹[1]에 가담했다. 그녀가 속한 그룹의 성격을 레싱은 다음과 같이 말한다:

> 나는 한 때 순수한 공산주의 그룹의 일원이었던 적이 있었어요. …… 그들은 어떤 식의 현실과도 접촉이 없었죠. 레닌이 무덤 속에서 축복하고 있었음에 틀림없어요. 그들은 정말 순수했거든요. 아마 우리가 세계의 어떤 다른 장소에 있었더라면 우리가 실행하려고 했던 아름답고 순수한 계획들이 생겨날 수 없었을 거예요. 나는 내가 영국에 와서 영국 공산당과 인연을 맺었을 때 그것을 알게 됐어요.
>
> … there was a time in my life when I was a member of a communist group which was pure … they had no contact with any kind of reality. It must have been blessed by Lenin from his grave, it was so pure. The thing was, if we had been in any other part of the world, where in fact there was a Communist Party, the beautiful purity of the ideas that we were trying to operate couldn't have worked. I mean, I found this when I came to England and had a short association with the British Communist Party.(Howe 8)

그들이 젊고 순수한 공산주의자들이라면 레싱이 접한 영국 공산당은 늙고 타락한 공산주의자들이었다. 공산주의와 결별한 후 레싱의 관심을 끈 것은 수피즘[2]이었다. 레싱은 1960년대부터 수피즘을 공부

---

1) 레싱은 이 그룹에서 독일로부터 피난 온 유태인인 두 번째 남편을 만난다.
2) 수피는 이슬람과 관련된 일종의 신비주의로서 천년 전쯤 페르시아에서

하기 시작하는데 이때부터 그녀의 작품에 수피즘의 영향이 나타난다.

간략하지만 이러한 레싱의 생애에 대한 지식은 레싱의 작품을 이해하는데 실마리를 제공한다. 레싱의 대부분의 작품이 그녀의 삶과 아주 밀접하게 연결되어 있기 때문이다. 이 말은 레싱은 작품을 쓸 때 상상력보다는 그녀의 경험을 최대한 활용했다는 것을 뜻한다. 그래서 루쓰 위태커(Ruth Whittaker)와 같은 비평가는 레싱을 "창의적인 작가라기보다는 사건 기록자 (She is) not so much a creative writer as a chronicler of events"(133)라고 평하기도 했다. 예를 들어보면, 『풀잎은 노래한다』에 등장하는 딕(Dick)은 아프리카에 사는 영국인 이주농으로서 농장 경영에 성공하지 못하여 늘 힘들게 살아가는데 이러한 모습은 레싱의 아버지를 연상시킨다. 또한 『폭력의 아이들』(*Children of Violence*)이란 연작물3) 중의 한 권인 『적절한 결혼』에서 주인공 마싸 퀘스트(Martha Quest)는 이혼을 하면서 딸을 남편에게 맡기고 떠나는데 이는 레싱의 경험을 그대로 반영하고 있다.

아프리카에서 자람으로써 인종차별을 직접 목격하고, 두 번의 결혼과 두 번의 이혼을 통해서 남녀문제를 심각하게 경험했으며, 공산

발전되었다. 이것은 분명한 교리나 이념을 지닌, 격식을 갖춘 종교가 아니지만 모든 종교를 근본적으로 통합하는 한 가지 진리가 있다는 믿음을 지니고 있다. 그리고 수피는 인간은 계속적인 발전을 통해 완전한 경지, 즉 신과의 합일의 경지에 도달할 수 있다고 주장하는데, 이때 개인의 발전은 평범한 육체적 지각적 한계를 초월하는 개인의 능력에 따라서 다르다고 한다. 이러한 한계는 전통적 지식의 체계에 집착하는 것을 포함하며, 수피의 특성은 깨달음을 위해 순수한 지성보다는 경험이 중시된다는 것이다.(Whittaker 52)

3) 『폭력의 아이들』은 『마싸 퀘스트』(*Martha Quest*, 1952), 『적절한 결혼』(*A Proper Marriage*, 1954), 『폭풍의 파문』(*A Ripple from the Storm*, 1958), 『내륙』(*Landlocked*, 1965), 『사대문 안의 도시』(*The Four-Gated City*, 1969) 다섯 권으로 이루어진 성장소설이다.

주의자로서의 활동을 통해 이데올로기의 한계를 통감하고, 수피즘을 통해 스스로 멸망의 길을 닦아가고 있는 인류의 생존 방법을 탐색해 보는 등, 레싱의 이러한 폭넓은 경험은 결국 그녀의 작품에서 다양한 주제로 나타난다. 그래서 클레어 스프래그(Claire Sprague)는 레싱의 주제들을 "거대한 주제 사단 a spacious panoply of theme"(1986, 1) 이라고 부른다. 다양한 주제에 걸맞게 그녀는 지금까지 30편이 넘는 작품을 발표해 온 다작의 작가이다. 또한 소설 이외에 시와 희곡 그리고 수필도 발표함으로써 그녀의 창작적 재능을 아낌없이 발휘해온 레싱은 이러한 다양하고 많은 작품에서 "20세기의 복합적인 시대적 분위기를 잘 나타냄 as imaginatively sensitive as a barometer to the twentieth century's complex climate"(Sprague 1986, 1)으로써 시대를 대변하는 작가로서의 그 역할을 잘 수행해왔다.

그런데 좀 더 정확하게 표현하자면 레싱은 대체로 시대를 앞서가고 있었다. 예를 들어, 『풀잎은 노래한다』에서 레싱은 인종차별이 사람들의 관심사가 되기 이전에 이미 이에 대해 논했으며, 페미니즘에 대한 논쟁이 활발해지기 전에 『황금빛 노트』(*The Golden Notebook*, 1962)에서 여성 문제를 날카롭게 지적하였다.4) 또한 광증에 대한 새로운 시각이 널리 받아들여지기 전에 레싱은 『황금빛 노트』, 『지옥으로의 하강에 대한 보고』(*Briefing for a Descent into Hell*, 1971), 『살아남은 자의 기억』(*The Memoirs of a Survivor*, 1974)에서 더 높은 의식의 차원으로 가는 과정으로서 광증을 탐구하였다. 그리고 『지옥으로의 하강에 대한 보고』에서 시작하여 『쉬카스타』(*Shikasta*,

---

4) 레싱 스스로도 "이 책은 여성해방 운동에 의해서 생겨난 일련의 태도가 이미 존재하고 있는 것처럼 쓰여졌다. This book was written as if the attitudes that have been created by the Women's Liberation movements already existed."(GN XVI)라고 밝혔다.

1979), 『3, 4, 5 지대간의 결혼』(*The Marriages between Zones Three, Four, and Five*, 1980), 『시리아인의 실험』(*The Sirian Experiments*, 1981), 『제8행성의 대의원 만들기』(*The Making of the Representative for Planet 8*, 1982), 『볼린 황국의 감상적인 대변인에 대한 기록』(*Documents relating to the Sentimental Agents in the Volyen Empire*, 1983)으로 이루어진 연작물 『아르고스의 카노푸스: 기록문서』(*Canopus in Argos: Archives*)에서 본격적으로 다루어지고 있는 핵무기로 인한 인류의 멸망에 대한 경고와 생존을 위한 인류의 더 높은 의식으로의 발전 가능성에 대한 제시는 아직도 심각하게 받아들여지지 않고 있다.

레싱의 선각자다운 면모를 살펴보는 과정에서 나타났듯이 그녀의 관심은 개인의 외부세계에서 내부세계로 옮아간다. 레싱의 초기 작품의 주인공들은 인종차별을 비롯한 인간의 제 문제를 해결하고 이상국가를 건설하기 위해 공산주의에 기대를 걸지만 결국 실망한다. 『황금빛 노트』의 1971년 판에 등장한 서문에서 레싱은 다음과 같이 공산주의에 대해 그녀가 기대를 걸었던 이유와 또한 실망했던 이유를 압축해서 말해준다:

> 그들[맑시스트들]은 내가 보려고 애쓰던 것을 보았다. 그것은 맑시즘이 사물을 전체적으로 보고 서로 관련지어서 보기 때문이다. …… 맑시즘은 우리 시대에 정통 종교 밖에서 세계정신, 세계윤리를 세우고자 한 최초의 시도였다. 그런데 그것은 다른 모든 종교와 마찬가지로 나눠지고 또 나눠져 더 작은 지파, 분당으로 갈라지는 것을 막을 수 없었다.
>
> They saw what I was trying to do. This is because Marxism looks at things as a whole and in relation to each other ···· I think it is possible that Marxism was the first attempt, for our

time, outside the formal religion, at a world-mind, a world ethic. It went wrong, could not prevent itself from dividing and sub-dividing, like all the other religions, into smaller and smaller chapels, sects and creeds.(GN XXI)

공산주의를 통해서 삶의 문제를 해결할 수 없었던 레싱은 옛 페르시아의 고대 종교인 수피즘에서 해결의 실마리를 찾는다. 즉, 인간의 삶의 문제는 사회와 제도의 개혁을 통해서는 해결할 수 없고 인간 내부정신의 혁명을 통해서만 가능하다는 것을 발견하게 된다. 수피즘의 수행자가 된 레싱은 인류의 생존과 함께 보다 나은 세상을 위해서 개인의 의식의 발전이 필요하다고 역설한다. 그런데 의식의 발전은 깨달음에 따르는 것이고 깨달음은 이성보다는 직관을 통해 온다고 보기 때문에 레싱의 작품은 점차로 인간의 비이성적이고 비논리적인 사고와 느낌 즉, 꿈과 광증 등에 대한 탐구의 장이 된다.

1962년에 출판된 『황금빛 노트』는 레싱의 관심이 외부세계 변화에서 인간의 내적인 정신세계의 변화로 옮아가는 분기점에서 만들어진 작품이다. 주인공 애나 울프(Anna Wulf)의 삶은 레싱의 이러한 변화를 그대로 나타내준다. 애나 역시 레싱처럼 공산주의에 대한 환상에서 깨어난 후 자신의 내면의 세계로 눈을 돌린다. 또한 지금까지 가장 인기 있는 작품5)으로서 레싱의 주요한 주제들인 공산주의, 여성문제, 광증, 정신의 진화 등이 집약되어 나타남으로써 『황금빛 노

---

5) 레싱의 여자 주인공들이 레싱의 여성독자들에게 불러 일으켰던 뜨거운 공감에도 불구하고, 『황금빛 노트』의 위대함은 어떤 특정한 역사적 정치적 순간의 단순한 부산물이 아니다. 그것은 수백만 독자뿐만 아니라 늘어나고 있는 많은 학자들에 대한 레싱의 호소력을 단적으로 보여주는 예이다. 출판 이후 『황금빛 노트』의 정장본만 90만 부 이상이 팔려 나갔다.(Sparague 1986, 1)

트』는 레싱을 이해하는데 더 없이 좋은 작품이라 할 수 있다.

『황금빛 노트』가 애초에 유명해진 것은 출판 후 이 작품이 여성해방운동의 기수로 여겨졌기 때문이다. 레싱은 이 작품에서 여성의 역할이 주는 고충, 결혼의 문제점, 남녀관계의 허와 실, 여성의 성(sexuality), 그리고 남성들의 이중적인 여성관 등에 관해서 아주 날카롭게 지적함으로써 페미니스트들의 열렬한 환영을 받았지만 정작 레싱은 "이 소설이 여성해방을 위한 트럼펫이 아니다. But this novel was not a trumpet for Women's Liberation."(GN ⅩⅤ)라고 말한다. 하지만 『황금빛 노트』는 여전히 "모든 페미니스트의 서가에 꽂혀 있는 고전 a classic in every feminist's library"(Knapp 53)이 되고 있다.

레싱은 『황금빛 노트』를 발표한 지 9년 후인 1971년에 이 작품에 대한 서문을 발표하는데 그것은 바로 이러한 이유에서이다. 다시 말해서, 레싱은 이 작품이 출판된 후 줄곧 비평가와 서평자들에 의해서 이 책이 여성해방운동을 위한 지침서처럼 평가되는 것을 달가워하지 않았다. 레싱은 이 책을 성의 전쟁에 대한 책으로 해석함으로써 이 책을 곧바로 왜소화해버렸다고 말한다(GN ⅩⅣ). 그래서 레싱은 이 서문에서 자신이 의도한 주제들을 제시하는데 그것들은 심리학적, 정치 역사적, 예술적 측면이다. 즉, 레싱이 의도한 것은 "정신적 붕괴"(breakdown) 또는 광증을 더 높은 차원의 인식에 도달하는 과정으로 그리는 것과, 공산주의자들을 중심으로 50년대의 이념적 분위기를 묘사하는 것,6) 그리고 사회적 책임감에 눌려 창작장애에 걸린 예술가의 모습을 통해 예술가와 사회의 관계를 탐구해보는 것7)

---

6) 레싱은 소설은 톨스토이와 스탕달의 작품이 그랬던 것처럼 당대의 지적 도덕적 분위기를 잘 나타내야 한다고 생각했으며, 50년대의 지적 도덕적 풍토를 가장 잘 나타내는 것은 다양한 사회주의 운동들의 흐름 속에 있다고 여겼다.(GN ⅩⅣ)

14

이었다. 이와 동시에 『황금빛 노트』에서 레싱이 중요하게 생각한 것은 작품의 형식이다. 레싱은 작품의 형식이 그대로 작품의 주제를 말해주는 그러한 책을 쓰고자 했다(GN XX). 즉, 레싱은 복합적인 인간의 삶을 재현하는데 있어서 사실주의의 한계를 인식하고 사실주의를 넘어선 새로운 소설양식을 실험하고 있었다.

따라서 1971년 이래 『황금빛 노트』에 대한 비평은 레싱이 제시한 주제들을 중심으로 이루어졌다. 그런데 레싱의 반발에도 불구하고 페미니스트들은 계속해서 이 작품을 페미니스트 관점에서 해석함으로써 이 작품에 대한 비평은 크게 심리학적, 형식적, 그리고 페미니스트 비평이라는 세 줄기로 나누어진다. 상대적으로 정치 역사적 접근은 거의 없었다.

본 논문은 『황금빛 노트』를 분석하는데 있어서 심리학적 이론을 적용하려고 한다. 앞에서 살펴보았듯이 『황금빛 노트』에 대한 심리학적 분석은 그 동안 주로 융(Carl Gustav Jung)과 랭(Ronald David Laing)의 이론을 적용해왔다. 그런데 본 논문은 이미 널리 알려진 이 두 학자가 아닌 로버트 키간(Robert Kegan)이라는 신진 심리학자의 이론을 도입하여 작품을 분석하려 한다. 융을 도입한 분석은 꿈과 무의식에 초점을 두었고, 랭을 도입한 분석은 광증의 의미를 파악하는데 초점을 두었다면 키간을 도입한 본 논문은 자아의 발전에 초점을 맞추었다.

키간은 현재 하바드 교육 대학원의 교수이며 "자아의 발전 과정을 연구하는 학자 중에서 가장 최근의 그리고 가장 통시적인 자아 이론가 중의 한 사람 one of the most contemporary and integrative

---

7) 이 주제에서 파생된 흥미 있는 주제가 소설창작에 관한 것이다. 레싱은 이 책에서 작가가 삶이라는 재료를 가지고 예술작품을 어떻게 빚어내는가를 보여준다.

identity theorists to consider identity's evolving process"(Thomas 27)으로 여겨지고 있다. 기존의 연구논문들을 묶어서 자신의 이론을 집대성한 그의 첫 번째 책 『진화하는 자아』(*The Evolving Self*, 1982)는 제목이 이미 말해주듯이 자아는 발전한다는 키간의 사상을 잘 보여준다. 그런데 레싱 또한 『황금빛 노트』에서 자아가 발전한다는 것을 그리고 있다. 따라서 본 논문은 『진화하는 자아』에 나타나는 키간의 이론의 도움을 받아 『황금빛 노트』에 나타난 자아에 대한 레싱의 관점을 밝혀보려 한다. 키간의 이론은 레싱의 작품을 분석하는데 길잡이 역할을 할 뿐만 아니라, 과학적인 관찰과 실험으로 파악된 자아발전의 양상이 레싱의 작품에 잘 묘사되고 있다는 사실을 밝혀냄으로써 그녀의 삶에 대한 통찰력을 부각시킨다.

키간에게 있어서 자아발전의 메커니즘은 의미 만들기이다. 이 의미 만들기는 개인이 환경과 서로 작용하면서 행하는 것이다. 개인은 태어나자마자 의미 만들기를 시작하고 또한 평생 의미를 만든다. 그리고 개인이 살아가면서 행하는 모든 행위가 의미를 만드는 맥락 속에 있다. 즉, 우리의 느낌, 체험, 사고, 인식 등 모든 것들이 의미를 만드는 맥락과 무관하지 않게 된다. 따라서 의미 만들기는 "인간의 가장 근본적인 행위 the primary human motion"(Kegan 19)가 된다.

그런데 개인은 자신이 확보한 삶의 의미들을 자아 정체성으로 삼는다. 개인은 환경과의 관계를 통해서 의미를 만들기도 하지만 이미 확보한 의미를 잃어버리기도 한다. 의미를 잃게 되면 결과적으로 자아를 상실하게 되고 개인은 자아를 재구성하기 위해 새로운 의미를 만드는데, 이러한 과정에서 자아가 발전한다. 그러므로 자아발전이란 새로운 의미들의 형성을 통해 새로운 자아 정체성을 만드는 과정이라는 것을 알 수 있다.

그런데 키간은 자아의 발전과 그 과정의 성격만을 탐구하는 것이 아니라 자아발전의 새로운 성향에도 주목한다. 새로운 성향이란 바로 자율성(autonomy)을 넘어선 발달이다. 시대가 바뀌면서 자율성을 최고의 성숙으로 여기는 전통적인 생각에 대한 회의가 발생하기 시작했다. 그러한 시대적 변화에 대해 키간은 다음과 같이 설명한다:

그러나 "자율성을 넘어선 발달"에 대한 생각은 여기에서 시작된 것이 아니다. 사실 그것은 모든 영역에서 성숙에 대한 개념을 재고하기 시작하게 만든 생각이다. "과학적인 자율성"의 가능성에 대한 의심은 …… 현대물리학과 상대성 이론, 그리고 하이젠베르그의 불확실성 원리에 있어서 중심적인 생각이다. 성숙의 잣대로서 심리적 자율성에 대한 회의는 지난 몇 년 동안 여러 분야에서 나타나기 시작했다(카플란, 1976; 밀러, 1976; 길리간, 1978; 로우, 198); …….

But the notion of "development beyond autonomy" does not originate here. In truth, it is an idea that has begun to call notions of maturity to account in every realm. Doubts about the possibility of "scientific autonomy" ··· are central to the story of modern physics, the theory of relativity, and the Heisenberg uncertainty principle. Doubt about psychological autonomy as the hallmark of personal maturity has begun to surface in the last few years in many quarters (Kaplan, 1976; Miller, 1976; Gilligan, 1978; Low, 1978); ····(228)

자율성을 획득한 이후의 성숙에 대해서 바세치스(M. Basseches), 길리간(C. Gilligan)과 머피(J. M. Murphy), 코플로위츠(H. Koplowitz)와 같은 심리학자들이 가장 괄목할만한 연구[8]를 시행했

---

8) 언급한 세 심리학자들의 연구저서 또는 보고서는 다음과 같다:

다고 한다. 그래서 키간은 이 세 학자들의 연구를 정리요약하고 있
는데 먼저 자율성을 넘어서 성숙한 자들은 모순을 수용하고 서로 반
대라고 생각되었던 것(예를 들면 선과 악)을 분리해서 보지 않고 같
은 것을 이루고 있는 양면으로 보며, 닫힌 체제(system)보다는 열린
체제를 지향하고 체제간의 관계를 중시하며, 체제간의 관계를 체제
에 우선한다고 생각하고, 실체(reality)를 움직임과 과정과 변화로 파
악하며, 체제를 체제들의 관계가 이루고 있는 더 큰 맥락에서 보는,
즉 어떤 체제를 큰 전체 중의 하나로 보는 경향이 있다(Kegan
229-30).

자율성을 넘어서 발달하여 위에서 언급한 성향을 지닌 자아를 키
간은 "상호의존적 자아"(interdependent self)라고 부른다. 이는 키간
이 분류한 인격발달의 다섯 단계에서 다섯 번째에 속한다. 첫 번째
단계는 "충동적 자아"(impulsive self)로서 충동과 감각에 의해 지배
를 받는 자아인데 대강 5세에서 7세 사이의 연령층이 이 단계에 속
한다. 두 번째 단계는 "오만한 자아"(imperial self)로서 자신의 욕구
와 바램, 그리고 이익을 중요하게 생각하는 자아이다. 이러한 자아는

Basseches, M. "Dialectical Schemata: A Framework for the Empirical Study of the Development of Dialectical Thinking." *Human Development* 23(1980): 400-421.

Gilligan, C., and Murphy, J. M. "Development from Adolescence to Adulthood: The Philosopher and the Dilemma of the Fact." *In Intellectual Development beyond Childhood*, ed. D. Kuhn. San Francisco: Jossey-Bass, 1979.

Koplowitz, H. "Unitary Operations." Unpublished manuscript. (1978)

그리고 이 세 학자가 모두 영향을 받은 책은 1970년에 출판된 윌리암 페리의 책이다:

Perry, W. G. Jr. *Forms of Intellectual and Ethical Development in the College Years*. New York: Holt, Rinehart and Winston, 1970.

대체로 12세에서 16세에 나타나다. 세 번째 단계는 "관계중심적 자아"(interpersonal self)인데 이 자아는 상호성과 개인간의 일치점을 추구한다. 세 번째 단계부터는 연령과 관계없이 개인에 따라 발전한다. 네 번째 단계로 발전한 자아를 키간은 "제도적 자아"(institutional self)라고 부르는데 이 단계에서 개인은 자율성과 자기만의 정체성을 최고의 가치로 여기며 집단에 소속하는 것을 중시한다. 다섯 번째 단계까지 발전한 "상호의존적 자아"(interdependent self)는 자율성과 동시에 타자와의 관계를 중시하며 타자와 상호의존하는 자아이다. 이러한 자아는 자아간의 상호교통을 중시하여 - 그래서 이 자아를 키간은 "상호 소통하는 자아"(interindividual self)라고 부르기도 한다 - 자아를 공유하며(Kegan 106) 자신이 소속한 집단을 넘어서 인류 공동체를 지향한다.

그런데 『황금빛 노트』에서 애나가 자아붕괴를 거치고 새롭게 구축하는 자아가 바로 "상호의존적 자아"이다. 따라서 본 논문은 『황금빛 노트』를 통해서 자아는 발전한다는 사실을 밝히고 그 발전 과정을 분석하며 『황금빛 노트』의 주인공 애나가 새롭게 구축한 자아가 상호의존적 자아임을 밝히고 그 성격을 규명하고자 한다.

따라서 본문 2장에서는 애나의 자아 정체성들이 그녀가 추구하는 삶의 의미들이라는 사실을 밝히고 이러한 삶의 의미들이 애나가 부딪치게 되는 삶의 문제들을 해결해주지 못하면서 결국에는 더 이상 의미가 없어지게 되는 과정을 살펴보고자 한다. 이를 위해 애나의 주요 자아 정체성들인 작가, 공산주의자, 자유여성을 중심으로 분석할 것이다.

3장에서는 자아정체성 상실로 인하여 애나가 겪게 되는 정신적 혼돈이 어떤 양상으로 나타나며 이러한 정신적 혼돈은 자아발전에 있어서 어떤 의미를 지니고 있는지 파악하고자 한다. 그래서 자아분열로 시작하는 자아붕괴 과정과 자아붕괴 이후 자아가 재구축되기 전인 자아 공백기로 나누어 이를 분석하려 한다.

4장에서는 애나가 그녀의 새로운 자아를 어떻게 구축해 가는지를 살펴보고 자아 재구축의 요건들을 파악하며, 자아 재구축을 통해 만들어진 애나의 새로운 자아 정체성이 지닌 성격, 즉 상호의존적 자아로서의 면모를 분석하고, 『황금빛 노트』 작품 자체가 애나의 새로운 자아를 상징하고 그 형식이 상호의존적 자아의 성격을 그대로 반영하고 있다는 사실을 밝혀보겠다.

Ⅱ. 자아 정체성 상실

『황금빛 노트』의 주인공 애나는 한 권의 베스트셀러를 쓴 이후 창작장애(writer's block)에 걸려 있는 작가이고, 전직 공산당원이며, 3년 전에 애인과 헤어진 이후엔 딸과 함께 외롭게 살고 있는 30대 후반의 이혼여성이다. 이러한 애나는 처음부터 불안한 모습을 보여준다. 『황금빛 노트』의 첫 부분인 "자유여성: 1"(Free Women: 1)에 등장한 애나가 친구 몰리(Molly)를 오래간만에 만난 자리에서 말한 첫마디가 "눈에 보이는 모든 것들이 균열되고 있어 the point is, that as far as I can see, everything's cracking up"(GN 3)[9]이며, 노트들에 무엇을 쓰고 있냐는 몰리의 질문에 대해서 애나는 "혼돈, 바로 그것이야 Chaos, that's the point"(GN 39)라고 대답한다. 이것은 바로 애나의 내면이 혼돈 속에 있다는 것을 말해주고 있다.

이러한 불안은 애나가 자신의 정체성을 잃어가고 있기 때문에 생긴 것인데 그녀가 쓰고 있는 일기인 "노트들"(the Notebooks)을 통해서 애나가 작가로서, 공산당원으로서, 그리고 자유여성으로서의 자아정체성을 잃어 가는 과정이 밀도 있게 나타난다.

노트들은 네 권으로 표지 색깔에 의해 각각 검은색, 붉은색, 노란

---

9) 텍스트인 『황금빛 노트』에서 인용한 것은 작품의 영문 첫 글자인 GN으로 표시할 것이다.

색, 파란색 노트로 불리며 서로 다른 주제를 다루고 있는데 애나의
표현을 빌면 다음과 같다:

> 내겐 네 권의 노트가 있다. 검은색 노트는 작가인 애나 울프와
> 관련된 것이고, 붉은색 노트는 정치와 관계있으며, 노란색 노트는 내
> 경험을 소재로 만든 이야기이고, 파란색 노트는 일기로 쓰려고 한다.
> I keep four notebooks, a black notebook, which is to do with
> Anna Wulf the writer; a red notebook, concerned with politics; a
> yellow notebook, in which I make stories out of my experience;
> and a blue notebook which tries to be a diary.(GN 445)

그러므로 검은색 노트는 주로 애나가 작가로서의 자아정체성을,
붉은색 노트는 공산주의자로서, 노란색 노트는 자유여성으로서의 자
아정체성을 상실해가는 것을 보여주고 있다고 말할 수 있는데 파란
색 노트는 이 셋과 모두 연관되어 있다. 따라서 본 장에서는 노트들
의 내용을 토대로 애나가 각각의 자아정체성을 잃어가는 과정과 그
원인을 살펴보려고 한다.

1. 작가

애나가 주로 작가로서의 자신의 문제를 적은 검은색 노트는 1951
년부터 쓰여졌는데 그 전에[10] 애나는 『최전선』(*Frontiers of War*)[11]

---

10) 검은색 노트에는 『최전선』이 1951년에 출판된 것으로 나오지만(GN56)
　　파란색 노트에 의하면 애나가 정신분석 상담을 시작한 1950년에 애나
　　는 이미 작가가 되어 있었다. 이러한 노트들 간의 그리고 "노트들"과
　　"자유여성"간의 차이는 『황금빛 노트』의 특징 중의 하나이다.

이라는 한 권의 소설을 출판하여 베스트셀러 작가가 되었었다. 그러나 애나는 더 이상 소설을 쓰지 않고 있었다. 왜냐하면 자신이 원하는 그런 종류의 소설, 즉 "질서를 창조하고, 삶에 대한 새로운 시각을 창출하기에 충분한 지적 도덕적 열정으로 뒷받침된 powered with an intellectual or moral passion strong enough to create order, to create a new way of looking at life"(GN 58) 소설을 쓸 수 없었기 때문이다.

그런데 이러한 문학에 대한 애나의 이상은 19세기 사실주의 소설을 바탕으로 한 것이다. 19세기 사실주의 소설에 대한 애나의 생각은 "작은 목소리"("The Small Personal Voice")라는 수필에 나타난 레싱의 발언을 통해 보다 분명히 알 수 있다:

> 내게 있어서 문학의 최고 형태는 19세기 사실주의 소설, 즉 톨스토이, 스탕달, 도스도예프스키, 발자크, 투르게네프, 체콥과 같은 위대한 사실주의자의 작품이다. 나는 사실주의를 확고한 인생관에서 아주 강력하고 자연스럽게 우러나와 상징주의를 흡수한 예술이라고 본다.
>
> For me the highest point of literature was the novel of the nineteenth century, the work of Tolstoy, Stendhal, Dostoevsky, Balzac, Turgenev, Chekhov; the work of the great realists. I define realism as art which springs so vigorously and naturally from a strongly held, though not necessarily intellectually defined, view of life that it absorbs symbolism.(SPV 8)[12]

---

11) 『최전선』은 여러 가지 점에서 레싱의 『풀잎은 노래한다』를 모델로 하고 있다. 두 작품 모두 1950년 출판되었고, 배경이 아프리카이며, 처녀작이면서 베스트 셀러였고, 둘 다 영화로 제작되었다. 『풀잎은 노래한다』는 "살인적인 더위"("Killing Heat")라는 제목으로 영화화 되었다.
12) 레싱의 수필인 "작은 목소리 The Small Personal Voice"는 영문 제목의 첫 글자인 SPV로 표시할 것이다.

레싱에 의하면 이러한 19세기 사실주의 소설에는 인간에 대한 믿음과 인간을 향한 따뜻함, 연민, 인류애, 사랑이 나타나 있었다(SPV 10). 또한 휴머니스트로서 19세기의 위대한 작가들이 쓴 작품에 공통적으로 나타나는 것은 윤리적 판단을 제공하고 있는 도덕적인 분위기였다(SPV 8). 따라서 레싱은 다음과 같이 작가를 정의하고 있다:

작가가 인간으로서 그가 영향을 미치고 있는 다른 인간들에 대해서 책임감을 갖고 있다면 내가 보기에 그는 휴머니스트가 되어야 하며 자신을 선이나 악을 위한 변화의 도구로 생각해야 한다. …… 소설을 발표하는 행위는 다른 사람들과 대화를 하는 것이고 자신의 개성과 신념을 다른 사람들에게 전달하는 것이다. 만일에 작가가 이러한 책임을 받아들인다면 그는 자신이 사회주의자들의 용어로 영혼의 건축가라고 생각해야 한다. 그리고 이 용어는 과거 19세기 사실주의 소설가라면 그 누구도 마다하지 않을 용어이다.

그런데 누군가가 건축가가 되려고 한다면 그는 앞으로 지을 것에 대한 비전 있어야 하고 그 비전은 우리가 살고 있는 세상의 모습을 근거로 하고 있어야 한다.

Once a writer has a feeling of responsibility, as a human being, for the other human beings he influences, it seems to me he must become a humanist, and must feel himself as an instrument of change for good or for bad ···· The act of getting a story or a novel published is an act of communication, an attempt to impose one's personality and beliefs on other people. If a writer accepts this responsibility, he must see himself, to use the socialist phrase, as an architect of the soul, and it is a phrase which none of the old nineteenth-century novelists would have shied away from.

But if one is going to be an architect, one must have a vision to build towards, and that vision must spring from the nature of the world we live in.(SPV 10-11)

이러한 문학과 작가에 대한 레싱의 생각은 애나가 쓰고 있는 노트들을 통해서 애나의 문학관으로 나타난다. 애나에게 문학을 한다는 것은 생계를 위한 것이나 예술가로서 명예를 위한 것이 아니었다(GN 60). 애나에게 있어서 문학은 "미움과 두려움, 시샘과 경쟁이 없는 삶 a life that isn't full of hatred and fear and envy and competition"(GN 442)을 위해 "도덕적으로 더 나은 인간 morally better"(GN 440)을 만드는데 공헌하기 위한 것이었다. 그러므로 애나가 문학을 통해서 궁극적으로 이루려는 것은 "자유로운 인간이라는 오랜 꿈 the ancient dream of free man"(SPV 13)인 것이다.

다시 말해서 애나가 작가로서 추구했던 것은 문학의 스타일로는 사실주의이고 문학의 정신에서는 휴머니즘인데 자신이 그런 기준에 도달하는 글을 쓸 수 없다고 생각함으로써 애나는 작가로서의 자아 정체성을 잃게 된다. 애나의 노트들은 애나가 자신이 원하는 글을 쓸 수 없는 자기 자신을 발견해가는 고통스런 과정을 보여준다.

소설 『최전선』을 출판한 이후 처음에 애나가 절망한 이유는 자신의 소설이 자신의 문학적 이상과는 거리가 먼 소설, 즉 "문장 하나하나에 끔찍한 거짓된 동경이 스며들어 있는 비도덕적 소설 an immoral novel because that terrible lying nostalgia lights every sentence"(GN 60)이라는 사실 때문이다. 처음에 영화제작에 동의하지 않던 애나는 1954년에 영화제작을 결정하고 자포자기하는 심정으로 출판 후 처음으로 자신의 소설 『최전선』을 읽어본다. 그리고는 다시 한번 자기 소설의 비도덕성을 확인한다. 표면적으로는 흑백문제라는 도덕적 메시지를 다루고 있지만 그 소설을 지배하고 있는 정서는 "거짓된 동경", 곧 "모든 것을 전복시키고자 하는 분노와 냉소주의, 파멸의 일부가 되고자 하는 열망과 의지 nihilism, an angry readiness to throw everything overboard, a willingness, a longing to become part of dissolution"(GN 60-61)였다. 25개국 언어로 번역될 정도로 널리 읽히고 있는 『최전선』이 읽는 사람들 모두에게 이러한 퇴폐적인 정서를 심어줄 것을 생각하면 애나는 수치스러운 것은 물론 죄를 짓는 기분이었다(GN 61).

그런데 애나를 더욱 절망스럽게 하는 것은 이러한 비도덕적 소설이 베스트셀러가 되고 영화로까지 제작되는 예술계의 풍토였다. 애나의 절망은 영화제작에 관한 편지를 받고 자기혐오적인 웃음을 터뜨리고 자신을 "바위 밀어 올리는 자"[13]로 상상하는 모습에서 강하게 나타난다:

> 내 소설의 대행인으로부터 편지가 왔다. 편지를 받을 적마다 나는 웃고 싶다. 혐오의 웃음을. 악한 웃음, 무기력한 웃음, 자책의 웃음을. 열기를 뿜어내는 화강암 비탈길, 내 뺨을 억누르는 뜨거운 바위, 내 눈까풀 위로 쏟아지는 작열하는 태양빛을 생각하면 이것들은 비현실적인 편지들이다.
>
> Letters from the agent about the novel. Every time one of them arrives I want to laugh – the laughter of disgust. Bad laughter, the laughter of helplessness, a self-punishment. Unreal letters, when I think of a slope of hot poured granite, my cheeks against hot rock, the red light on my eyelids.(GN 53)

즉, 애나는 문학 작품이라는 것 때문에 소설 속의 비도덕적 메시지가 전혀 문제가 되지 않는 현상에 절망하고 있는 것이다. 사람들은 소설이 현실을 반영하고 있다고 생각하면서도 한편으로는 소설은

---

13) 이 "바위 밀어 올리는 자"는 애나의 자아가 발전하는 과정에서 획득하게 되는 새로운 자아 정체성이다.

작가의 상상력의 소산이므로 소설에서는 어떤 내용도 허용된다는 이중적 태도를 지니고 있다. 그래서 어떤 소재를 보고서가 아닌 소설로 만들기 위해선 작가는 오히려 자기 안에서 비도덕적 정서를 끌어내야 한다고 생각한다는 사실을 애나는 인정할 수 없었던 것이다.

애나는 이러한 절망감에서 벗어나기 위하여 『최전선』의 소재가 되었던 아프리카에서의 자신의 경험을 이야기로 꾸미지 않고 "직설적이고, 단순하고, 형식이 없는 straight, simple, formless"(GN 60) 사실로 써보기로 한다. 아프리카에서의 경험이란 이차세계대전 당시 남부 아프리카에서 살 때 백인 좌파 지식인들과 함께 활동하면서 겪은 일을 말한다 - 그것은 마조피(Mashopi) 호텔을 중심으로 일어난다. 그런데 그 경험들을 검은색 노트에 기록하고 난 후 애나는 그 글들이 여전히 "거짓된 동경"의 지배를 받고 있음을 발견한다.

하지만 애나는 그 이유를 파악하지 못한다. 『최전선』의 소재가 된 마조피 이야기가 표면적으로 『최전선』과 다른 이야기지만 『최전선』은 마조피에서 경험한 삶에 대한 애나의 절망이 옷만 다르게 입고 등장한 것이기 때문에 그 정서가 같을 수밖에 없다. 그런데 애나가 이 사실을 인지하지 못하는 것은 애나가 삶과 예술을 분리하는 이분법적 사고에 젖어 있었기 때문이다. 마조피 이야기는 삶이고 『최전선』은 예술로서 서로 다른 이야기가 나올 수 있다고 생각했던 것이다.

그런데 이러한 이분법적 사고가 애나가 지향하는 문학적 이상과 갈등을 일으키고 있었다:

나는 내 생활방식과 교육, 성별, 정치, 계급 등으로 인해 차단당한 삶의 영역들에 들어설 수 없는 까닭에 고통스런 무력감과 불만감, 그리고 불완전감에 시달리고 있다. 그것은 이 시대의 가장 나은 몇몇 사람들만이 겪는 질병이다. 어떤 사람들은 그 압력을 견뎌낼 수 있지만 다른 사람들은 그것에 짓눌려 무너져 버린다. 그것은 하나의 새로운 감수성, 상상을 통해 새로운 포괄적 이해에 도달하려는 거의 무의식적인 시도이기 때문이다. 그러나 그것은 예술에는 치명적이다. 나는 내 자신을 한껏 펼치는 것, 내가 할 수 있는 힘을 다해 충만하게 사는 것에 관심이 있을 뿐이다. 머더 슈가에게 그렇게 말했을 때, 그녀는 널리 퍼진 진실들에 대해 사람들이 흔히 그렇듯 만족스럽다는 듯이 가볍게 고개를 끄덕이면서 예술가들은 현실적 삶에서의 부적응 내지 무능력으로부터 글을 쓴다고 답변했었다. 그녀가 그 말을 했을 때 느꼈던 구토감이 생생히 기억난다. 그 말을 쓰고 있으려니 다시금 그 역겨운 혐오감이 느껴지는 것 같다.

I suffer torments of dissatisfaction and incompletion because of my inability to enter those areas of life my way of living, education, sex, politics, class bar me from. It is the malady of some of the best people of this time; some can stand the pressure of it; others crack under it; it is a new sensibility, a half-unconscious attempt towards a new imaginative comprehension. But it is fatal to art. I am interested only in stretching myself, on living as fully as I can. When I said that to Mother Sugar she replied with the small nod of satisfaction people use for these resounding truths, that the artist writes out of an incapacity to live. I remember the nausea I felt when she said it; I feel the reluctance of disgust now when I write it.(GN 58)

여기에서 말하는 "새로운 포괄적 이해"가 바로 애나가 지향하는 "질서를 창조하고, 삶에 대한 새로운 시각을 창출하기에 충분한" 소설을 쓰기 위해 필요한 것인데, 애나는 이러한 "이해"는 예술가에게는 치명적이라는 통념을 받아들이고 있고 예술보다는 이러한 "이해"를 향해가는 삶을 택하고 있다. 그러나 한편으로 다른 사람의 입을 통해 삶과 예술을 분리하는 소리를 듣게 되면 심하게 거부감을 느끼는 혼란스러운 상태를 보여주고 있다.

이러한 이중적 태도는 새로운 의미체계가 발아하는 초기단계의 현상이라고 할 수 있다. 새로운 의미체계가 확립되기 전 그것은 과거의 의미체계와 갈등을 일으키기 때문에 개인은 혼돈을 겪게 되는 것이다. 궁극적으로 애나는 이분법적 사고에서 벗어나 삶과 예술을 하나로 보는 총체적 사고를 확보하게 되지만 현 단계에서는 총체적 사고가 확립되지 못한 것이다. 그러므로 애나는 마조피 이야기가 삶의 진실을 표출하지 못한 이유는 자신이 작가로서 자질이 부족하기 때문이라고 생각한다.

그런데 애나의 고뇌는 여기에서 끝나지 않는다. 애나의 고뇌는 자신의 작가적 역량에 대한 회의에서 문학 자체의 '현실반영' 가능성에 대한 회의로 옮아간다. 문학에 대한 회의는 노란색 노트를 통해서 나타난다. 먼저 노란색 노트에 애나는 마이클(Michael)이란 남성과의 연애를 첫 만남에서 헤어질 때까지를 『제 삼의 그림자』(*The Shadow of the Third*)란 제목 아래 소설형식으로 써 본다. 다 쓰고 난 후에 애나는 자신의 글이 삶을 진실하게 그려내지 못했다는 것과 그 이유를 깨닫게 된다:

이 이야기의 문제는 폴과 엘라의 관계를 파괴시킨 법칙을 분석하는 관점에서 쓰여졌다는 것이다. 그것 이외에 그 이야기를 쓸 다른 방식은 떠오르지 않는다. 우리가 어떤 것을 겪자마자 그것에 대한 하나의 패턴이 생긴다. 그리고 한 연애의 패턴은, 비록 오년간이나 지속되고 결혼만큼이나 밀착되었던 연애라 할지라도, 결국은 그것을 끝나게 한 것의 관점에서 바라보게 되는 법이다. 이 모든 게 진실되지 않은 것은 바로 그런 이유에서다. 왜냐면 어떤 것을 경험하고 있는 동안엔 우린 전혀 그렇게 생각하지 않으니까 말이다.

The trouble with this story is that it is written in terms of analysis of the laws of dissolution of the relationship between Paul and Ella. I don't see any other way to write it. As soon as one has lived through something, it falls into a pattern. And the pattern of an affair, even one that has lasted five years and has been as close as a marriage, is seen in terms of what ends it. That is why all this is untrue. Because while living through something one doesn't think like that at all.(GN 213)

다시 말해서 "문학은 사후 분석 Literature is analysis after the event"(GN 213)이기 때문에 마조피 이야기는 거짓된 동경이라는 틀에, 『제 삼의 그림자』는 아픔이라는 틀에 맞추어 삶의 진실을 왜곡해 버린 것이다. 그러므로 삶의 현실을 있는 그대로 보여주기 위해서는 문학보다는 아마도 영화와 같은 시각적 예술이 더 적합할지도 모른다고 생각하게 된다.

그러나 애나는 여기에서 포기하지 않고 파란색 노트에 또 다른 글쓰기를 시도한다. 파란색 노트는 전통적인 의미에서 일기의 역할을 하는데, 어느 날 애나가 자신이 경험한 모든 일을 소설처럼 쓰고 있는 자신을 발견하고 이는 자신으로부터 무엇인가를 감추기 위한 것이라고 생각하여 일기를 쓰기로 결심했던 것이다. 그런데 어느 날 애인 마이클로부터 "당신은 삶에 대해 늘 이야기를 만들어 자신에게 들려주고 있어. 그러니 당신은 무엇이 진실이고 진실이 아닌지 알지 못해. you make up stories about life and tell them to yourself, and you don't know what is true and what isn't"(GN 310)라는 비난을 받고 그 다음 날인 1954년 9월 15일 하루에 일어난 일을 최대한 있는 그대로 쓰려고 시도한다. 그래서 애나는 아침에 일어나서 딸이 옆방에서 움직이는 소리를 듣는 순간부터 저녁에 자기 전에 포도주를 한 잔 마시는 것까지 하루의 일기로서는 아주 방대한 분량으로 그 날의 일들을 세세하게 기록한다.14) 그러나 다 쓰고 난 후 이것 또한 삶의 진실을 전달하는 데는 실패했다고 생각한다. 즉, "내가 이것을 적을 것이라는 생각이 균형을 깨고 진실을 파괴해버렸다. the idea I will have to write it down is changing the balance, destroying the truth"(GN 319)라는 결론을 내린다. 생활하면서 자신이 행하는 모든 일을 너무 의식한 것이 현실을 왜곡했다는 것이다.

여기에서 애나는 현실을 진실하게 기록하기 위한 또 다른 시도를 한다. 즉, 9월 15일 일기 이후 18개월 동안 애나는 메모하듯이 아주 짤막하게 일기를 쓴다. 그러나 결국은 모든 페이지 위에 사선을 긋는다. 이것 역시 진실을 표출하지 못한다고 생각했기 때문이다. 애나가 생각하는 그 이유는 다음과 같다:

사실들의 간결한 기록을 다시 읽을 때 일종의 패턴을 제시해 주리라 기대했었다. 하지만 이런 종류의 기록은 1954년 9월 15일 하루에 일어났던 것에 대한 기록만큼이나 허위인 것이다. 그것을 읽고 있는 지금 나는 그것의 지나친 감정주의와 '9시 반에 대변을 보기 위해, 그리고 두 시에는 소변을 보기 위해 화장실에 갔고, 네 시에는 땀을 흘렸다'고 쓴다면 그것이 단순히 내가 생각하는 것을

---

14) 이날의 일기는 문학적으로 대단한 가치를 지니고 있다. "이날 - 일종의 조이스적인 '블름즈 데이' - 은 『황금빛 노트』의 중심에 있다. …… 그것은 현대소설에 있어서 진정으로 가장 고통스럽고 자폐적인 글 중의 하나이다. This day - a kind of Joycean 'Bloomsday' - is at the center of The Golden Notebook. ···· It is one of the most painful and claustrophobic passages in the novel, indeed in contemporary fiction."(72)라는 루쓰 위태커(Ruth Wittaker)의 평가는 그 가치를 충분히 말해주고 있다.

쓰는 것보다 사실적일 것이라 가정했었다는 사실 때문에 당혹감을 느끼지 않을 수 없다.

I expected a terse record of facts to present some sort of a pattern when I read it over, but this sort of record is as false as the account of what happened on 15th September, 1954, which I read now embarrassed because of its emotionalism and because of its assumption that if I wrote 'at nine-thirty I went to the lavatory to shit and at two to pee; and at four I sweated,' this would be more real than if I simply wrote what I thought.(GN 438)

애나에게 있어서 현실을 잘 재현하는 "사실적 real"인 글은 "일종의 패턴 some sort of a pattern"이 나타나는 글인데 짤막한 메모들이 삶의 질서를 제시할 리가 없다.

이러한 시도 끝에 애나는 가장 진실 되리라고 생각했던 파란색 노트가 가장 거짓되다는 결론을 내린다. 그러나 파란색 노트가 진실되지 못한 것이 아니라 애나가 노트에 나타난 현실을 받아들이고 싶지 않기 때문에 계속해서 글이 진실 되지 못하다고 핑계를 대고 있는 것이다. 휴머니스트로서 애나는 삶은 질서여야 한다고 생각했다. 그러므로 애나가 날마다 일기를 쓴다는 것은 자신의 삶에 질서를 부여하고자 하는 매일의 투쟁이었다:

매일 저녁 나는 피아노 의자에 앉아서 나의 하루를 기록했고, 그것은 마치 나, 애나가 애나를 지면에 못박는 것 같았다. 매일 같이 나는 애나에게 삶의 틀을 부여했다. 오늘 나는 7시에 일어났고, 자네트를 위해 아침을 요리했고, 그녀를 학교에 보냈다, 기타 등등. 그리고 나면 마치 그 하루를 혼돈으로부터 구해 내기라도 한 듯한 기분이 들었다.

Every evening I sat on the music-stool and wrote down my

day, and it was as I, Anna, were nailing Anna to the page.
Every day I shaped Anna, said: Today I got up at seven,
cooked breakfast for Janet, sent her to school, etc. etc., and felt
as if I had saved that day from chaos. (GN 445)

그런데 파란색 노트에 나타나는 현실은 혼돈으로 나타나고 애나는 현실이 혼돈이라는 사실을 견딜 수가 없었던 것이다.[15] 그러므로 애나의 생각에 파란색 노트가 가장 진실돼지 못하다는 것은 파란색 노트가 현실을 가장 잘 반영하고 있다는 뜻이다.

지금까지 살펴본 바와 같이 애나가 작가라는 직업에 의미를 둔 것은 작가란 "영혼의 건축가"이기 때문이었다. "영혼의 건축가"로서 작가는 "도덕적으로 더 나은" 사람들을 만들기 위해서 사실적인 작품을 써야 하고 사실적인 작품은 당연히 삶의 질서를 제시해야 한다는 것이 애나의 생각이었다. 그런데 애나는 자신이 쓴 소설『최전선』이 그러한 기준에 전혀 도달하지 못하다고 생각한다. 그러한 소설을 발표했다는 수치심과 죄의식에서 벗어나고자 자신이 바라는 그런 글을 쓰기 위해서 애나는 노트들에 다각적인 글쓰기를 시도해보지만 결국 실패하고 그녀는 문학이 현실을 제대로 그려낼 수 없다고 결론 짓는다. 이는 애나가 자신의 글에 나타나고 있는 혼돈이라는 삶의 현실을 거부하고 있기 때문에, 삶의 질서를 제시하지 못하는 것은 문학의 문제요, 자신의 작가적 역량이 부족한 탓이라고 생각한 것이다. 그러므로 이 시점에서 애나는 삶의 혼돈을 인정하지 못한 채 문학에 대한 의미를 잃어버리고 작가로서의 자아를 상실하게 된다.

---

15) 파란색 노트는 애나의 모든 삶의 측면을 담고 있어 구성자체가 혼란스러울 뿐 아니라 1950년부터 1954년 초까지 세계 곳곳에서 발생한 폭력 사태를 기록함으로써 삶의 혼돈을 그대로 담고 있다.

2. 공산주의자

애나는 1950년부터 1954년까지 영국 공산당 당원으로 활동한다. 애나는 공산주의 활동을 통해서 그녀가 추구한 것과 그것에 대한 좌절을 주로 붉은색 노트에 기록하지만 검은색 노트와 파란색 노트에도 공산주의에 대한 그녀의 절망을 적고 있다.

애나의 공산주의에 대한 관심은 사실 1940년대 이차세계대전 중에 시작했다. 그 당시 애나는 아프리카에 살고 있었다. 애나가 1939년 아프리카에 건너가게 된 것은 결혼을 하기 위한 것이었다. 휴가차 영국에 나온 영국인 농부가 애나에게 구혼을 했던 것이다. 그러나 농장에서의 생활을 견딜 수 없었던[16] 애나는 결혼 생활을 끝내고 영국으로 가는 대신 도시에서 개인 사무실의 비서로 일하면서 식민지 도시에서 나름대로 자유로운 생활을 즐긴다. 이차세계대전의 조짐이 있고 전쟁이 일어나면 영국으로 돌아가는 것이 힘들어질 것이라는 것을 알면서도 애나는 아프리카에 그대로 머무른다.

이때 애나는 남부 아프리카의 한 공산주의 그룹에 가입한다. 애나가 가입한 그룹은 소규모의 아마추어들의 집단이었으며 정치적인 조직이라기보다는 "일종의 마음 맞는 사람들의 모임 a kind of emotional entity"(GN 64)같은 것이었다. 애나는 그들만이 그 지역에서 "도덕적 힘 moral energy"(GN 65)을 지니고 인종차별을 비판하는 유일한 사람들이었기 때문이라고 가입 동기를 말한다. 이러한 가입 동기에서도 나타나듯이 그 당시 아프리카의 공산주의자들의 첫

---

16) 이 대목에서 우리는 『풀잎은 노래한다』의 주인공 메리(Mary)를 연상하게 된다. 메리 역시 아프리카의 원초 지대에 자리 잡은 농장 생활을 적응하지 못하고 괴로워하는데 이러한 메리의 모습은 애나의 첫 번째 결혼이 실패한 이유를 짐작할 수 있게 해준다.

번째 활동목표는 지역특성상 그 사회에 만연한 인종차별주의를 종식하는 것이었다. 애나는 그러한 '노선'이 휴머니즘에 입각한 것임을 믿고 공산주의 활동을 하는 동안 "최고의 도덕적인 만족감 the most satisfactory moral feelings"(GN 85)을 맛보았다. 그러나 같은 그룹에 있던 메리로즈의 발언은 결국에 애나가 맛보게 된 좌절을 대변한다:

> 단지 몇 달 전에 우리는 세상이 변할 것이고 모든 것이 아름다워질 것이라고 믿었다. 그러나 이제 우리는 그런 일은 일어나지 않을 것이라는 것을 안다.
> Only a few months ago we believed that the world was going to change and everything was going to be beautiful and now we know it won't. (GN 123)

아프리카를 떠나 영국으로 돌아온 애나가 먼저 몸담은 곳은 문학사회였다. 그런데 애나는 문학사회의 가벼움과 공산주의자들의 진지함을 비교하면서 영국 공산당에 가입하고 싶다고 생각한다:

> 가입하겠다고 결정할 것 같은 순간에 처해 있는 자신을 되풀이 발견했다. 그리고 그건 언제나 똑같은 순간에 그랬다. 그러한 순간은 둘인데 첫째는 어떤 이유로 인해 작가들과 발행인 등등, 즉 문학계의 사람들을 만날 때다. 그것은 노처녀 마냥 너무나도 까다롭고, 너무나도 계급에 묶여 있는 세계다. 또 상업적인 측면에서 보면, 너무나도 뻔뻔스러워서 문학계를 접하다 보면 당에 가입할 생각이 든다. 또 다른 순간은 활기와 열정으로 가득 차서 뭔가를 조직하기 위해 바쁘게 뛰어 다니는 몰리를 볼 때거나 아니면 이층으로 올라가다가 부엌에서 나오는 목소리들을 듣고 들어갔을 때 공동의 목적을 위해서 함께 일하는 사람들의 그 친근하고 우애에 찬 분위기. 하지만 그것만으론 충분하진 않다.

> ··· I've caught myself over and over again on the verge of the decision to join. And always at the same moments - there are two of them. The first, whenever I meet, for some reason, writers, publishers, etc. - the literary world. It is a world so prissy, maiden-auntish; so class-bound; or if it's the commercial side, so blatant, that any contact with it sets me thinking of joining the Party. The other moment is when I see Molly, just rushing off to organize something, full of life and enthusiasm, or when I come up the stairs, and I hear voices from the kitchen - I go in. The atmosphere of friendliness, of people working for a common end. But that's not enough.(GN 144-45)

다시 말해서 애나는 강한 지적 연대감을 그리워하고 있는데 그녀의 말처럼 그것은 가입을 결심하기에 충분하지 않은 것이었다.

애나가 영국 공산당에 가입하게 된 근본적인 이유는 "우리 모두의 만족스럽지 못한, 분열로 갈라진 삶의 방식을 끝내고 통합성을 확보할 필요 a need for wholeness, for an end to the split, divided, unsatisfactory way we all live"(GN 151) 때문이었다. 아프리카 시절에는 흑인들의 인간으로서의 존엄성을 되돌려주고자 공산주의 활동에 참여했다면 이번에는 현대인의 주체성 회복[17]을 위한 것이었다. 다시 말해 "소외. 분열된 것. 말하자면 그것이 공산주의자의 이념의 도덕적 측면이다. Alienation. Being split. It's the moral side, so

---

17) 애나가 도달하고자 하는 통합성이란 다시 말해서 주체성 회복이다. 레싱이 서문에서 언급한 "그릇된 이분법과 분리를 없앤 dismissing false dichotomies and divisions"(GN XIV) 상태가 바로 인격이 통합된 상태이고 주입된 사회적 이념들로부터 자유로운 주체적인 인간이다. 이 작품의 결말에서 애나가 도달하는 상호의존적 자아는 이러한 통합성을 필수로 한다. 인격이 통합되어야만 개인은 타인을 진정으로 위할 수 있으며 스스로도 계속 발전할 수 있기 때문이다.

to speak, of the communist message."(GN 337)라는 애나의 발언에서 보듯이 애나는 인간을 소외로부터 구출해야 한다는 공산주의 기본이념에서 자신의 이상을 발견했던 것이다.

소외로부터 구출이란 곧 주체성 회복이며 주체적 인간이야말로 자유로운 인간이다. 다음의 인용문은 소외와 주체성과 자유의 관계를 잘 설명해 준다:

> 헤겔은 형이상학적 차원에서, 마르크스는 사회적 차원에서 그리고 사르트르는 실존적 차원에서 소외를 얘기하지만, 그들이 사용하는 소외라는 개념 속에는 한결같이 주체상실의 뜻이 내포되어 있다. 헤겔의 형이상학적 주체자는 자신을 구현시키기 위해서 필연적으로 현상화하지 않으면 안 된다. 여기서 現象化란 정신 혹은 의식의 객체화를 의미하며, 객체화란 물질적 전환을 뜻한다. 이와 같이 소외란 정신의 물질화, 주체의 객체화를 두고 말하는 것이다. 주체의 객체화란 주체의 주체성의 위협·상실을 의미하는 것에 지나지 않는다. 마르크스에서 소외의 근본적인 뜻의 하나는 인간이 자신의 생각·재능·에너지를 일 혹은 노동이라는 매개를 통해서 어떤 사물을 만들어내는 과정을 지칭한다. 비물질적인 것 즉 정신적인 것의 물질적 전환이 곧 소외를 의미한다. 그렇다면 소외는 역시 의식 혹은 정신의 상실 또는 위협 과정을 가리키는 말에 지나지 않는다. 사르트르의 철학적 인간이 소외적이라면 그것도 역시 인간의 존재 구조가 부당한 주체성의 위협 속에 놓여 있기 마련이기 때문이다. ……
>
> 소외의 구조를 주체성의 상실이라는 양식으로 몰아 본 지금, 그러한 구조는 다시 자기분열이라는 개념으로 더욱 투명하게 부각될 것 같다. 소외란 근본적으로 한 주체의 자기분열에 지나지 않는다. …… 자기분열로서의 소외는 갈등을 내포하고 갈등은 자유의 상실, 충만감의 박탈, 즉 불행을 의미한다.(박이문 260-61)

애나 또한 공산주의 제일원리가 노동자계급이 주도하는 자유구축이라고 생각하며 이 원리는 "확고한 휴머니즘 the soundest humanist ideas"(GN 85)에 입각하고 있음을 믿었다. 그리고 이 휴머니즘이 추구하는 것이 주체적 인간임을 믿고 있었다. 즉, 애나는 "휴머니즘은 세상에 일어나고 있는 모든 일에 대해서 가능한 한 최대한으로 의식하고 책임을 느끼려고 노력하는 통합적인 인간을 대변한다. But humanism stands for the whole person, the whole individual, striving to become as conscious and responsible as possible about everything in the universe."(GN 337)라고 생각했었다.

그러므로 애나가 공산주의 활동에 가담한 것은 공산주의 이념이 휴머니즘에 근거하고 있다고 생각했기 때문이다. 그런데 로트란트 스피겔(Rotrant Spiegel)에 따르면, 공산주의자들과 휴머니스트들이 인간의 소외를 항구화하는 사회적 요인을 제거할 필요성을 인식한 점에서는 같지만 인간의 환경인 사회의 변혁을 우선시하는 공산주의자들과는 달리 휴머니스트들은 개인과 그 경험을 더 중시한다. 그러므로 휴머니스트들은 주체성이 회복되면 개인은 자연적으로 사회적 참여를 하게 된다고 믿었다(Spiegel 22). "통합적인 인간"에 대한 애나의 정의가 보여주듯이 애나 역시 휴머니스트로서 개인의 의식의 변화를 우선시하는 것을 알 수 있다. 다시 말해서 공산주의는 개인의 사회적 자유를, 그리고 휴머니즘은 정신적 자유를 추구하고 있었는데 애나는 그 기본적인 차이를 인식하지 못한 채 영국 공산당에 가입한 것이다.

또 한편 애나는 통합적 인간이 되기 위해 정신분석가를 찾아간다. 세상에 만연한 폭력에 책임감을 느끼기보다는 이를 두려워하여 감정이 얼어붙어 버리고 오직 자신의 딸만을 염려하는 자신이 문제가 있다고 생각한다. 다시 말해 그녀의 관점에서 볼 때 이는 건강한 정신이 아닌 것이다. 이러한 생각은 애나가 정신분석가인 미시즈 막스에게 자신을 묘사하는 순간에 잘 나타난다:

　　"애나 울프는 정신 분석가 앞 의자에 앉아 있다. 그녀가 그곳에 있는 건 어떤 것에 대해서도 깊게 느낄 수 없기 때문이다. 그녀는 모든 것에 냉담하다. 얼어붙어 있다. 그녀에게는 친구들과 알고 지내는 사람들이 꽤 많이 있다. 사람들은 그녀를 만나는 것을 좋아한다. 하지만 그녀가 세상에서 진심으로 걱정하는 것은 오직 단 한 사람, 그녀의 딸, 자네트뿐이다.", "그녀는 왜 냉담해 있지요?", "그녀는 두려워하고 있어요.", "뭘 말인가요?", "죽음을." 그녀는 고개를 끄덕였다. 그 게임을 가로막고 그 사이로 끼여 들며 내가 말했다. "아뇨, 제 죽음을 두려워하는 건 아닙니다. 제가 어떤 것을 기억할 수 있게 된 이래, 진정으로 세상에서 일어나고 있는 것은 모두 죽음과 파괴뿐이었던 것 같아서예요. 그건 삶보다도 더 강한 것처럼 여겨져요."
　　' … Anna Wulf is sitting in a chair in front of a soul-doctor. She is there because she cannot deeply feel about anything. She is frozen. She has a great many friends and acquaintances. People are pleased to see her. But she only cares about one person in the world, her daughter, Janet.', 'Why is she frozen?', 'She is afraid.', 'What of?' 'Of death.' She nodded, and I broke in across the game and said: 'No, not of death. It seems to me that ever since I can remember anything the real thing that has been happening in the world was death and destruction. It seems to me it is stronger than life.'(GN 220)

　　애나가 자신이 이기적이고 주체적 인간과는 거리가 멀다고 생각하여 상담을 시작한 것은 1950년인데 영국 공산당에 가입한 것도 같은 해이다. 애나는 주체적인 인간이 되기 위해 두 가지 차원에서 노력을 한 것이다.

그런데 공산당에 가입한 애나는 공산주의 활동이 자신을 더욱 분열시키는 것을 발견하게 된다:

당에 가입했을 때 내 마음 한 구석 어딘가에는 통합성에 대한 욕구, 우리 모두가 살아가고 있는 찢기고 분열되고 충족되지 않는 삶의 방식을 종식시키고자 하는 욕구가 있었던 거라고, 그러나 당에의 가입은 그러한 분열을 더욱 강화시켰을 뿐이다 - 지면을 통해서나 어떤 식으로로건 우리가 살고 있는 사회의 이념들과 상충되는 가치를 내걸고 있는 단체에 속하게 되었다는 문제만은 아니다. 그보다는 보다 심층적인 무엇, 그보다 더 깊은 어떤 것, 어쨌든 이해하기 더 어려운 어떤 것이다. 그 점에 대해서 생각해보려 애써 보았지만 머리만 뱅뱅 돌뿐이었다. 혼란 속에 녹초가 되어버렸다.

Yet joining the Party intensified the split - not the business of belonging to an organisation whose every tenet, on paper, any way, contradicts the ideas of the society we live in; but something much deeper than that. Or at any rate, more difficult to understand. I tried to think about it, my brain kept swimming into blankness, I got confused and exhausted.(GN 151)

그 이유를 분명하게 깨닫지 못한 애나는 더욱 혼란에 빠진다. 그녀의 애인 마이클이 문제는 인간 영혼에 있다는 것을 암시해 주지만 - "인간 영혼을 이해하지 못하기 때문에 거기 앉아서 고민에 빠져 있는거요 Yet you're sitting there worrying because you can't make sense of the human soul in the middle of a world revolution?"(GN 151) - 애나는 이를 이해하지 못한다. 휴머니즘에 가치를 둔 애나는 인간은 근본적으로 창조적이며 상호 협동적이고 폭력과 파괴는 인간

소외의 결과이며 인간 본성이 왜곡된 결과라고 믿고 있었기 때문이다. 그러한 믿음을 지켜주고 인간을 소외로부터 구원해줄 것이라고 기대했던 공산당이란 조직이 오히려 애나의 믿음을 깨는데 한 몫을 하고 있는 것이다. 그러나 자신이 추구하는 가치에 집착하며 현실을 직시하기를 거부하기 때문에 더욱 갈등을 느끼게 된 것인데, 이 시점에서 애나는 이러한 사실을 깨닫지 못한다.

먼저 공산주의에 대한 애나의 환상을 깬 것은 폭력과 파괴로부터 자유로운 세상 구현을 목표로 하는 공산주의자들이 폭력과 파괴를 일삼는다는 사실이다. 공산주의자들의 종주국인 소련과 스탈린의 세력아래에 있는 동유럽의 나라들은 수많은 무고한 공산주의자들을 공산주의의 미명아래 살해하고 고문하며 투옥시킨다. 서방 사회에 보도되지 않은 그들의 만행은 풍문으로 들려올 뿐이다.

애나의 친구 몰리는 이 모든 것이 스탈린이 알지 못하는 사이에 일어난 것일지도 모른다고 생각한다. 이러한 심리적 태도는 몰리 혼자만의 것이 아니라 애나의 것이기도 하고 서방국가에 있는 모든 공산주의자들의 것이다. 왜냐하면 공산주의자들에게 스탈린은 위대한 사람 이상이었다. 바로 그들의 이상을 상징한다:

나 자신이 그[스탈린]가 광적인 살인자라고 기꺼이 믿을 준비가 되어 있음에도 ……, 사람들이 단순하고도 우호적이며 존경심에 찬 어조로 그에 대해 말하는 걸 듣고 싶어하는 것이다. 왜냐하면, 그런 말투를 내팽개쳐 버린다면 그것과 함께 아주 중요한 어떤 것, 상당히 역설적인 얘기이긴 하지만, 버젓한 민주주의에 대한 가능성들에 관한 신념이 사라져 버릴 것이기 때문이다. 꿈이 사장되어 버릴 것이다 - 적어도 우리 시대에 있어선.

Although I am quite prepared to believe that he is mad and a murderer ···, I like to hear people use that tone of simple,

friendly respect for him. because if that tone were to be thrown
aside, something very important would go with it, paradoxically
enough, a faith in the possibilities of democracy of decency. A
dream would be dead - for our time, at least.(GN 283)

그러나 다음 순간 애나는 자신이 받은 한 편지를 기억하고 자신의
순진함을 깨닫는다. 한 영국인 교사가 대표단 일행으로 소련을 방문
해 스탈린을 해후하고 감격해 하는 내용의 글로서 스탈린을 우상시
하는 태도가 유치한 상태로 나타나 있다. 이 편지는 애나에게 사람
들은 필요에 의해 신화를 창조한다는 것을 환기시켜 준다.

그런데 인간의 인간에 대한 폭력이 공산권 나라에서만 국한되어
있지 않고 서방세계에도 만연하다는 사실은 애나가 인간에 대한 휴
머니스트로서의 믿음을 흔들어 놓는다. 그 대표적인 예가 미국의 매
카시즘이다. 애나는 매카시즘 영향아래 저질러진 일을 '마녀사냥'이라
비유하며 그 대표적인 희생자인 로젠버그 부부(the Rosenbergs)[18]의
처형소식을 접하고 그들의 죽음이 마치 자신의 책임이라도 되는 것
처럼 괴로워한다.

영국에서는 매카시즘이 다른 형식으로 교묘하게 나타난다. 애나는
로젠버그 부부를 위한 서명운동을 하면서 냉전시대의 흑백논리가 영
국사회의 지배적인 분위기임을 확인하게 된다:

한편 나는 로젠버그를 위한 탄원서를 작성하는 일을 돕는다. 당
과 당 주변 지성인들을 제외하고는 거기에 참여할 사람들을 얻기

---

18) 로젠버그 씨는 미국의 전기기술자로 1953년 아내와 함께 원폭 스파이
라는 죄명으로 전기 사형당함. 미국에서 스파이 죄로 처형된 최초의
예로 원자력 기계의 기계공이었던 처남의 자백 외에 물적 증거가 없어
세계적인 구명운동이 전개되었었다.

란 하늘의 별따기다. (프랑스와는 다르다. 이 나라의 분위기는 지난 이삼 년 동안 거의 극적인 변화를 겪었다. 긴장되어 있고 의심에 차있고 공포에 질려 있는 분위기. 균형을 잃고 영국판 매카시즘으로 치닫는 건 시간문제일 것이다.)

> Meanwhile I help with a petition for the Rosenbergs. Impossible to get people to sign it, except party and near-party intellectuals. (Not like France. The atmosphere of this country has changed dramatically in the last two or three years, tight, suspicious, frightened. It would take very little to send it off balance into our version of McCarthyism.)(GN 149)

즉, 영국에서는 인간에 대한 폭력이 육체적 차원이 아니라 심리적이고 사회적인 차원에서 나타나는 것이다(Spiegel 66). 애나는 이러한 사회의 희생자의 한 사람으로 잭 브릭스(Jack Briggs)의 경우를 붉은색 노트에 기록한다. 그는 『타임즈』(*Times*)의 기자출신으로 전쟁 중에는 영국 정보원으로 일하다가 공산주의자들을 만남으로써 좌익이 된다. 전후에 높은 급여를 보장하는 보수적 신문사의 일자리를 거절하고 박봉을 받으며 좌익신문을 위해 일한다. 그러나 의견마찰로 그곳을 떠난 후 공산주의자로 낙인이 찍힌 그는 일자리를 얻지 못하는데 그를 더욱 고통스럽게 하는 것은 공산주의자들이 그를 '자본주의자들의 첩자'라고 하며 그를 고립시키는 것이다. 길에서 만난 그는 절박한 상태에서 우울증에 빠져 있었다.

애나는 폭력의 문제를 붉은색 노트만 통해서 고찰하는 것이 아니다. 그녀는 파란색 노트에 세계 도처에서 발생한 "전쟁, 살인, 혼돈, 참상 war, murder, chaos, misery"(GN 236)에 관한 기사를 스크랩한다. 이는 상담이 시작한 직후인 1950년부터 끝나기 전인 1954년까지 지속되는데 이 동안에는 이 노트에 다른 내용은 전혀 쓰지 않는다. 또한 이것은 애나의 상담 내용을 대신하는데 상담을 시작한 애나의 목적이 세상에 대한 책임감을 회복하는 것일 때 이는 현실을 피하지 않고 직면하기 위한 애나의 몸부림을 상징한다. "나는 내 고귀한 영혼과 씨름하면서 3년을 보냈다 I've spent three years, more, wrestling with my precious soul"(GN 236)라는 애나의 발언은 이를 뒷받침 해준다.

공산당에 가입한 후 애나가 당면한 것은 폭력과 혼돈이라는 현실 이외에 소외라는 공산주의자들의 현주소이다. 가입 동기인 통합성 회복이란 인간의 소외되지 않은 진정한 자아를 되찾는 것이다. 애나는 다른 당원들과 함께 그러한 삶의 목적을 추구해갈 것을 기대했었다. 그러나 애나가 발견한 것은 공산당 내의 사람들이 모두 자신으로부터 소외되어 있다는 것이다. 다음은 애나가 목격한 실상이다:

공산당 내부에 있는 특정 유형의 지성인들과 비교해 볼 때, 공산당 밖에서 만난 사람들 가운데 무식하거나 경박하거나 편협하지 않은 사람들의 집단이나 그러한 지성을 지닌 개인은 없다. 비극은 그 지적인 책임감, 그 고도의 진지성이 진공상태에 놓여 있다는 것이다.

There is no group of people or type of intellectual I have met outside the Party who aren't ill-informed, frivolous, parochial, compared with certain types of intellectual inside the Party. And the tragedy is that this intellectual responsibility, this high seriousness, is in a vacuum: ····(GN 321)

영국 공산당의 진정한 범죄는 그 많은 훌륭한 사람들을 붕괴시키거나, 혹은 그들 자신의 나라에서 진행되는 모든 것으로부터 단절된 채, 다른 공산주의자들과 함께 폐쇄된 그룹 속에서 사소한 것들을 꼬치꼬치 따지며 살아가는 관료직원들로 변화시킨 사실이다.

The real crime of the British Communist Party is the number of marvellous people it has either broken, or turned into

dry-as-dust hair-splitting office men, living in a closed group
with other communists, and cut from everything that goes in
their own country.(GN 322)

먼저 애나가 발견한 것은 과거의 존경스러운 인물들이 자기 본래
의 모습을 잃어버렸다는 점이다. 영국의 경우는 아니지만 붉은 노트
에서 애나는 마이클과 함께 동베를린을 방문했을 때 겪은 사건을 이
야기한다. 영국으로 망명하기 전에 동구에서 공산의자였던 마이클은
친구들을 찾기 위해 그곳에 갔었는데 그는 길에서 과거의 동지를 만
난다. 그녀는 무서운 얼굴로 마이클의 복장에 대해 비난하며 가장
싼 옷이라는 마이클의 응답에 적의를 드러내며 돌아선다. 마이클은
과거에 지적이었던 그녀가 무분별하고 맹목적으로 변화한 것을 안타
까워한다. 그런데 애나를 더욱 놀라게 한 것은 그녀를 포함한 그녀
일행의 비인간적인 태도였다. 애나는 그들에 대한 이러한 인상을
"그들은 두려움을 막기 위해 서로 몸을 맞대고 얼굴만 밖으로 하고
있는 개들 또는 동물들 같았다. 나는 얼굴에 두려움과 증오가 가득
찬 얼굴과 같은 그런 것을 본 적이 없었다. They were like a group
of dogs, or animals, facing outward, pressing against each other for
support against fear. I've never experienced anything like that, the
fear and hate on their faces."(GN 152)라는 말로 표현한다.

위의 경우가 공산주의 사회에서 개인이 전락하는 경우라면 공산당
이란 조직 내에서 개인이 전락하는 것을 실감한 것은 존 벗트(John
Butt)를 통해서이다. 그는 애나가 자원봉사자로 일하고 있는 공산당
출판부의 실권자이다. "화석처럼 굳어버린 fossilised hardened"(GN
322) 고집불통의 당 간부인 그는 애나에게는 "공산당의 자기 기만적
신화 the self-deceptive myths of the Communist Party"(GN 324)

를 계속해서 만들어 내기 위해 허위로 가득 찬 책을 출판하고도 전혀 부끄러워하지 않는 "당의 지적 부패 the intellectual rottenness of the Party"(GN 326)의 상징이다. 그러나 과거의 그는 명석하고 쾌활한 사람이었을 뿐만 아니라 당 지도부에 비판적이었으며 20년 전에 그는 불란서 혁명에 대한 "빛나고, 생생하고, 용기 있는 sparkling, vivid, courageous"(GN 322) 책을 썼던 사람이었다.

유토피아를 꿈꾸던 젊은 지성인들의 전락과 함께 애나로 하여금 탈당을 결심하게 한 것은 영국 사회에서 공산주의자들의 고립이다. 소외계층이 없는 사회를 부르짖던 그들 자신이 소외된 소수가 되어 버린 것이다. 먼저 그들은 자본주의 사회에서 낮은 임금으로 인해 빈곤 속에서 지낸다. 부부가 함께 일을 하면서도 늘 절약하지 않을 수밖에 없는 잭(Jack)은 항상 맛이 없는 샌드위치로 점심을 해결한다. "의연한 독자적 양심 decent nonconformist conscience"(GN 330)을 지니고도 그 대가를 누리지 못하는 잭의 불운을 보면서 애나는 몹시 가슴아파한다. 또한 애나는 자녀들의 교육에 헌신적인 부모를 둔 공산당 자녀들의 얼굴에서 "자신들이 소수에 속한다는 것을 알고 있는 사람들이 지닌 낯선 사람에 대한 방어적이고 폐쇄적인 표정 the defensive closed-in look with strangers of people knowing themselves to be in a minority"(GN 157)을 목격하는데, 공산주의자들이 소외되어 가는 과정을 직접 체험함으로써 그러한 표정이 생길 수밖에 없는 상황을 이해하게 된다. 공산당에 입당한 후 애나는 평소에 친분이 있던 사람과 소련에 대한 의견대립으로 사이가 나빠지는 경험을 한다. 그리고 그녀는 공산주의자나 좌파성향의 사람들을 제외하고는 적의가 없이 이야기할 수 있는 사람이 점점 사라지는 것을 보면서 자신이 고립되어가는 것을 발견한다. 애나가 알고 있는 한 시인이 공산당을 혐오해서 탈당하고 싶어도 20여 년간 공산당에 몸담고 있어서 이제는 가족과 같은 공산당을 떠나서는 너무 외로울 수밖에 없기 때문에 그대로 공산당에 남아있는 모습은 공산당원들의 사회적 고립을 여실히 보여준다.

공산주의에 대한 환상에서 깨어나고 공산당을 탈당하고 난 후 '진정한 사회주의 real socialism'에 대한 애나의 꿈은 다시 한번 살아나서, 그녀는 공산주의자들의 모임에 참석하기 시작한다. 스탈린이 죽고 난 후 영국 공산당 내에 "진정으로 민주적인 genuinely democratic" (GN 417) 당을 만들려는 움직임이 있었기 때문이다. 그러나 타락한 간부들이 남아있는 한 불가능하다는 것을 깨달은 애나는 자신의 순진함에 다시 한번 놀란다. 그런데 이는 순진함이라기보다는 현실을 직시하기 두려워 환상을 만드는 사람들의 보편적인 심리반응이다.

공산주의에 대한 이상과 현실의 갈등의 역사인 붉은색 노트의 마지막에 기록된 삽화는 공산주의에 대한 애나의 고별사와 같은 것이다. 교사 출신의 해리 매튜(Harry Mathews)는 스페인 내전에서 한 쪽 다리를 다친다. 그는 전시에 빈민가에서 영웅적인 행동으로 사람들을 구하고도 결코 자신을 드러내지 않았다. 전후에 그는 지진아들의 교사로 일하면서 밤에는 가난한 아이들을 가르쳤다. 그러면서 한편으로 그가 몰두하고 있는 일은 소련 공산당에 관해서 연구하고 필요한 자료를 모으는 것이다. 러시아어를 본토인처럼 말하면서 그는 언젠가는 지금까지 시행착오를 겪은 소련 공산당이 그에게 자문을 구할 날을 대비하는 것이다. 그의 친구가 그를 우연히 소련 방문단에 넣어주었는데도 그는 자신이 소련으로부터 정식 초청을 받았다고 믿는다. 그러나 소련에서의 마지막 날 밤에 환상에서 깨어난 해리는 피로에 지친 나이 어린 여자 안내원을 붙잡고 가져간 두툼한 자료들을 펼치고 소련 공산당의 역사에 대해 강의하기 시작하지만 안내원은 의자에 앉은 채 잠이 들어 버린다. 다음날 아침 친구가 본 해리는 "귀신처럼 수척하고 정신이 나간 것 같은 as gaunt as a ghost and dead with emotion" 모습이었다. "그의 삶의 전 토대 The whole basis of his life"(GN 496)가 사라져 버렸기 때문이다. 영국으로 돌아온 해리는 그 동안 동거하던 미망인과 결혼하고 여자는 임신한다. 이 삽화의 과장의 정도는 공산주의에 대한 사람들의 희망의 강도를 반영하며 그 냉소적인 태도는 애나와 공산주의 사이의 거리에서 온 것이다(Pickering 116).

애나가 공산주의자가 된 것은 한마디로 말해서 보다 나은 세상을 만들기 위해서였다. 애나는 공산주의자들이 세상을 더 살기 좋은 곳으로 만드는 것이 목표인 사람들이라고 생각했다. 다시 말해서 애나는 공산주의가 인간 본연의 모습에서 소외된 현대인을 본래의 모습, 즉 주체적이고 통합적인 인간으로 되돌림으로써 세상을 바꿀 것이라고 믿었다. 그러나 애나가 보는 세상은 날로 폭력과 파괴가 더해가고 공산당은 이러한 악을 더욱 공공연히 저지르고 있다는 것을 알았다. 세계도처에서 자행되는 공산당의 악행과 영국 사회 안에서의 공산당원들의 고립과 그들의 메말라버린 영혼을 접하면서 공산주의에 대한 애나의 믿음이 무참히 깨어져버린다. 공산주의는 과거에 아름다운 꿈을 꾸던 사람들을 오히려 불행하게 만들고 있었던 것이다. 이러한 사실을 모두 알아버린 애나는 더 이상 자신을 공산주의자라고 생각할 수 없었다.

3. 자유 여성

애나는 1950년부터 1954년까지 공산주의자로 활동한 것과 거의 같은 시기에 기혼자인 마이클과 연애를 했다. 그 기간 동안은 물론 그 이전부터 애나가 여성으로서 지니고 있던 자아정체성은 자유여성이었다.

여성이 자유롭다는 것은 가부장적 사회에서 경제적으로 독립하여 남성의 속박으로부터 자유롭다는 것인데, 자유여성이란 사회적인 통념 속에는 성적으로 개방되어 있다는 의미가 내포되어 있었다(Rich 249). 그런데 애나가 궁극적으로 추구하는 것은 남성으로부터 독립하여 혼자 살며 남성과 자유로이 교제하면서 성을 개방하는 것이 아니었다. 보부아르(Simone de Beauvoir)는 다음과 같이 애나의 생각을 대변한다:

> 여자가 남자에게서 경제적으로 해방되었다고 해서 남자의 지위와 동등한 정신적 사회적 심리적 지위에 있다고는 말할 수 없다. …… 그녀가 어른의 생활에 접근해 갈 때 그녀는 소년과 동일한 과거를 가지고 있지 못한다. 사회는 그녀를, 남자를 보는 눈과 같은 눈으로 보지 않는다. …… 남자들만이 누리고 있는 특권, 유년 시절부터 그가 느껴 온 특권, 그것은 인간이라는 천직과 남성이라는 운명이 완전히 조화되어 모순되지 않는다는 것이다. …… 남자는 분열되지 않는다. 그러나 여자가 여자다움을 성취하기 위해서는 단지 물건이 되고 먹이가 되는 것밖에 허용되지 않는다. 즉 주체성이라는 최고의 것을 얻으려는 요구를 단념하라고 한다. 이러한 갈등이야말로 해방된 여자의 위치를 특징짓는 특이한 것이다.(464-65)

즉, 애나가 추구하는 것은 남성들처럼 "인간이라는 천직"을 수용하기 위해서 주체성을 확보하고 남성과 사랑을 할 때에도 주체적인 인간이기를 바라는 것이다. 애나의 표현대로 하자면 이는 사랑을 할 때에도 분열되지 않는 "통합적" 인간이다. 패트리샤 메이어 스팍스(Patricia Meyer Spacks)는 "통합적 인간이 되는 것이 주인공의 중심적 노력이다. 궁극적으로 통합성이 자유의 필수조건이기 때문이다. To be a whole human being is the heroine's central struggle. Wholeness is, finally, the necessary condition for freedom."(98)라고 말함으로써 애나의 이러한 추구를 정확하게 지적한다. 그러므로 자유여성이란 주체적 인간인 것이다.

이러한 애나는 마이클과의 연애를 통해서 자신을 자유롭지 못하게 하는 여성의 속성을 발견할 때까지 자신을 자유롭고 독립적이라고 생각했다. 외적으로 볼 때 애나는 경제적으로 자립할 능력이 있고 이혼하여 남성의 속박에서 벗어남으로써 "남성과 같은 자유로운 삶 free lives, that is, lives like men"(GN 42)을 살고 있다. 내적으로도 애나는 여성들이 주체성을 잃고 수동적이 되며 남성에게 의존하게 되는 전통적인 결혼에 반대하는 자유정신의 소유자다. 그러므로 애나는 사랑하지 않는 사람과 결혼 생활을 지속하는 것은 자신을 배신하는 행위라고 여겨 이혼했으며 지금도 또한 외롭지 않으려고 또는 아이에게 아버지를 갖게 하기 위해서 하는 "타협적인 결혼 a compromise marriage"(GN 161)을 거부한다. "우리들[애나와 몰리]은 교과서와 원칙대로 살기를 거부해 왔어. We've always refused to live by the book and the rule."(GN 11)라는 애나의 말은 이러한 그녀의 성격을 여실히 드러낸다.

이러한 정신을 공유하고 있는 몰리와 애나는 결혼 자체를 부정하는 것이 아니다. 그들은 둘 다 결혼하기를 원한다. 그들의 지성은 관습적인 결혼의 문제점을 꿰뚫어보고 자신들은 그런 오류를 범하지 않으려 하는 것일 뿐 정서적으로는 스스로 "전통적인 여성 conventional women"(GN 160)이라고 생각한다. 그들에게 있어서 남성이 없는 미래는 상상할 수가 없다. 그들이 자유 여성으로 지내는 것은 그들을 진정으로 이해해 줄 수 있는 사람을 만나지 못했기 때문인 것이다:

> 그들의 삶이 결코 평범한 궤도를 따라 달리지 않았던 것은 그들이 느끼기에, 아니 사실 그들이 말하고 싶은 것은 그들이 결코 그들의 진짜 모습을 볼 수 있는 남성들을 만나지 못했기 때문이다.
> The fact that their lives never seemed to run on the usual tracks was because, so they felt, or might even say, they never met men who were capable of seeing what they really were.(GN 160)

다시 말해서 그들이 진실로 바라는 것은 "서로 의지하고 서로 상대방을 억압하지 않는 전적으로 새로운 남녀 관계 a totally new male / female relationship, based upon mutual independence and unmitigated by mutual exploitation"(Markow 99)로 이루어진 결혼인 것이다.

결혼에 대한 애나의 진보적인 생각은 결혼에 억눌린 여성들의 모습들을 통해서 더욱 절실하게 다가온다. 『황금빛 노트』에는 결혼 후 여성에게 주어진 역할로 인해 고통 받는 여성들이 다수 등장하는데 그 대표적인 경우가 마리온(Marion)과 조지 헌슬로우(George Hounslow)의 아내이다. 마리온의 이야기는 "자유여성"의 큰 줄기가 됨으로써 그 제목의 반어적 성격을 더욱 부각한다. 마리온은 몰리의 전남편인 리차드(Richard)와 젊은 나이에 결혼하여 아들 셋을 낳는다. 리차드가 재계의 거물이라 물질적으로 부족함이 없으나 그가 늘

외도를 일삼고 더 이상 자신을 사랑하지 않게 되자 그녀는 자신의 외로움을 달래기 위해서 술을 마시기 시작했는데 이제는 알코올 중독자가 되어 버렸다. 리차드가 더 이상 사랑하지 않는 마리온과 계속 사는 이유는 아이들을 돌볼 사람이 필요해서이다(GN 263). 그러면서 리차드는 15년씩이나 함께 산 여자에겐 전혀 성욕이 일지 않는 것이 당연하다며 자신의 외도를 합리화한다. 그러나 한 번은 마리온을 사랑하는 남자가 나타나 그녀가 리차드를 떠나려 했을 때 단지 자신의 소유욕을 만족시키기 위해서 온갖 수단방법을 다 동원하여 마리온을 붙들어 놓는다. 그런데 이제 마리온이 알코올 중독자가 되고 자신이 결혼하고 싶은 여자가 나타나자, 외도하는 남편을 둔 모든 여자들이 알코올 중독자가 되는 것은 아니라며 오히려 마리온을 비난하면서 그녀와 이혼을 준비한다. 이러한 사실을 알게 된 마리온은 더욱 더 술에 의지한다.

마리온의 경우와 함께 미혼의 여성들이 결코 결혼에 대한 환상을 갖을 수 없게 하는 것이 또한 조지 헌슬로우의 아내의 경우이다. 조지는 아프리카 시절 애나가 속한 공산주의 그룹의 비정규 회원이었다. 그는 세 자녀와 자신의 부모, 그리고 아내의 부모를 부양하고 있었다. 주거하는 집은 아주 작았으며 늘 돈에 쪼들렸기 때문에 그의 아내와 그는 항상 열심히 일을 해야만 했다. 병약자인 노인들은 특별한 보살핌이 필요했고 그들은 저녁이면 거실을 차지하고 몇 시간이고 카드놀이를 했다. 노인들의 죽음만이 그들이 이러한 힘든 삶에 벗어날 수 있는 유일한 길이었다. 그런데 조지는 돈을 벌기 위해 숨막히는 집을 떠나있을 때가 많았고 아내를 사랑하면서도 아프리카 여성들과 연애를 함으로써[19] 삶의 도피를 꾀했으나 조지의 아내는

---

[19] 조지는 마조피 호텔의 흑인 요리사의 아내와 사랑을 하여 자신의 아이

철장에 갇힌 신세였다. 애나는 이런 조지의 아내의 상황을 보면서 공포에 사로잡힌다. 그 공포는 "가정에 의해서 갇히고 길들여지는 것 being trapped and tamed by domesticity"(GN 120)에 대한 공포였다.

마리온과 조지의 아내와는 달리 결혼과 남성으로부터 자유롭고 독립적으로 살고자 했던 애나는 마이클과의 연애를 통해 그녀 또한 마리온과 조지의 아내처럼 자유롭지도 독립적이지도 못하다는 것을 깨닫는다. 애나는 마이클과의 연애와 그 이후의 자신의 남성편력을 노란색 노트에 소설을 위한 초고처럼 써내려 간다. 스팍스는 『황금빛 노트』를 "'자유' 여성의 문제를 허구의 형태로 가장 자의식적이고 정교하게 연구한 The most self-conscious and elaborate study, in imaginative term, of the 'free' woman's problems"(96) 작품이라고 평하는데 이는 주로 노란색 노트의 성격에서 기인한다. 다시 말해 자신의 경험을 소설처럼 쓰면 보다 객관적으로 자신을 바라볼 수 있으며(애나에게 있어서 소설을 쓴다는 것은 "보이지 않는 또 다른 자아와 연극을 하는 것, 또는 거울 속의 자신의 모습과 대화를 나누는 것 acting out scenes with an invisible alter ego, or carrying on conversation with one's image in the looking-glass"[GN 163]이다) 또한 소설을 쓸 때는 일상생활에서 나타나지 않는 예지가 살아 움직이므로 평소에는 볼 수 없었던 사실을 발견할 수 있기 때문이다:

> 글을 쓸 때 나는 어떤 놀라운 제이의 눈 아니면 그와 같은 것, 어떤 류의 직관을 갖게 되는 것 같다; 일상생활에서 활용하기에는 너무나 고통스러운 어떤 류의 지성이 작용한다; 살아가면서 그것

까지 낳게 한다. 조지와 흑인 여성과의 연애가 『최전선』의 백인 조종사와 흑인 요리사의 딸과의 사랑의 모델이 되었다.

을 사용한다면 사람이 살 수 없을 것이다.

It frightens me that when I'm writing I seem to have some awful second sight, or something like it, an intuition of some kind; a kind of intelligence is at work that is much too painful to use in ordinary life; one couldn't live at all if one used it for living.(GN 535)

그리고 소설의 형식을 빌고 있어서 그렇지 않으면 입 밖에 내기 어려운 사항(예를 들면 성행위에 관한 것)도 정직하게 말할 수 있기 때문에 노란색 노트는 여성의 문제를 잘 드러냄으로써 『황금빛 노트』가 페미니스트들로부터 환영받는 발판을 마련했다.

소설 속의 소설 『제 삼의 그림자』(*The Shadow of the Third*)에서 애나는 엘라(Ella), 마이클은 폴(Paul), 몰리는 줄리아(Julia)로 그리고 애나의 딸은 아들로 각각 허구화돼서 등장한다. 엘라는 서민층 여성을 대상으로 하는 잡지사에서 일하며 가끔 잡지에 자신의 소설을 발표하기도 한다. 시드니 제이 카플란(Sydney J. Kaplan)은 다음과 같이 엘라와 애나를 비교한다:

엘라가 등장했을 때 그녀는 애나보다 더 전통적이고 더 일반적으로 나타난다. 그녀는 파란색 노트의 애나보다 더 수동적이고 더 전형적인 인물이다.

As Ella emerges, she is revealed as tending more toward the conventional and the general than Anna. She is both more passive than the Anna of the blue and more stereotyped.(Kaplan 155)

그러나 파란색 노트에 기록된 미국 남자 사울이 애나에게 했던 "당신은 정말 가정적인 여자 you're a real domestic woman"(GN

533)라는 말은 애나의 실제 모습이 엘라에 가깝다는 것을 암시한다. 그리고 『제 삼의 그림자』에 있어서 표면상의 약간의 변조는 허구를 표방하기 위한 전략들일 뿐 내포된 진실을 읽어 내는데 문제가 되지 않는다.

먼저 엘라와 폴의 만남을 통해서 뒤돌아본 자신과 마이클과의 만남에서 애나가 발견한 것은 자신의 순진함이다. 엘라는 폴을 알게 된 직후 폴이 아내를 언급할 때 태도로 미루어 폴과 아내가 별거중이라고 생각한다. 폴이 별거하고 있지 않으며 아이가 둘이라는 사실을 알고 난 후에도 "무사고(無思考)의 부드러운 조류 a soft tide of not-thinking"(GN 186)에 자신을 맡긴 엘라는 폴은 곧 자신과 결혼할 것이라고 생각한다.

엘라가 순진했던 이유는 먼저, 엘라가 남녀관계의 현실을 몰랐기 때문이다. 엘라는 폴과 헤어진 후에 여러 남성들과 교제를 함으로써 기혼 남성들이 부인이 아닌 다른 여자와 연애를 하는 이유를 알게 된다. 그것은 새로운 결혼 대상자를 찾는다거나 사랑을 위해서라기보다는 대부분 성관계를 원하기 때문인데 성관계를 필요로 하는 이유가 다양하다. 즉, 성적 쾌락을 포함하여 자신감을 얻기 위해서, 더욱 행복해지기 위해서, 그리고 자신이 자유롭다는 것을 증명하기 위해서 등이다.

폴도 자신의 정부에 대한 기본입장에 관한 한 다른 남성들과 크게 다르지 않았다. 엘라와의 관계에서 "자유롭고, 무책임하고, 무자비하며 자기 혐오적인 난봉꾼 a self-hating rage, free, casual, heartless"(GN 194)이 되고자 했으며 엘라는 "영리하고, 명랑하며, 성적 매력이 돋보이는 정부 smart, gay, sexy mistress"(GN 208-09)이기를 원했다. 폴은 자신의 결혼 생활이 전혀 결혼답지 않다고 할지라도 그런 결혼을 끝낼 의도가 전혀 없었다. 엘라에게서 삶의 피난처를 구하고 있었다면 가족에게 그는 절대적인 힘을 지닌 보호자였기 때문이다. 그래서 엘라가 자신과 결혼하고 싶어하자 그는 엘라로부터 멀리 달아난다. 정신과 의사인 폴이 의사로서는 책임감이 있으며 인간애를 지니고 환자를 대하지만, 대부분의 남성들과 마찬가지로 폴에게 있어서 연애는 일상의 책임으로부터 자유롭기 위한 제스처였기 때문에 만일 애인이 그러한 자신의 자유를 손상시킬 때에는 애인은 더 이상 애인의 자격이 없어지는 것이다.

그런데 애나는 이러한 엘라의 순진함은 근본적으로 폴에 대한 사랑 때문에 생겨난 것임을 깨닫는다:

총명한 사람이라면 누구라도 그 시초부터 이 연애의 종말을 예견할 수 있었을 것이다. 그럼에도 나, 애나는 폴과 함께 있을 때의 엘라처럼 그 사실을 직시하길 거부했었다. 폴이 엘라, 그 순진한 엘라를 낳았던 것이다. 그는 그녀 속에 있는 인식하고, 회의해 보는, 경험 많고 지적인 엘라를 파괴했으며, 그녀의 지성을 매번 잠재웠던 것이다. 그리고 그녀는 그에 대한 그녀의 사랑과, 자발적이고 자생적인 믿음이라 할 수 있는 그녀의 순진성 위에서 어둡게 떠돌 수 있게끔 그것을 의도적으로 묵인했고, 그의 자기 불신이 사랑에 빠진 이 여자를 파괴하고 다시금 생각을 하게 할 때면, 그녀는 그 순진성으로 되돌아가기 위해 싸우곤 했던 것이다.

Any intelligent person could have foreseen the end of the affair from its beginning. And yet, Anna, like Ella with Paul, refused to see it. Paul gave birth to Ella, the naive Ella. He destroyed in her the knowing, doubting, sophisticated Ella and again and again he put her intelligence to sleep, and with her willing connivance, so that she floated darkly on her love for him, on her naivety, which is another word for a spontaneous creative faith. And when his own distrust of himself destroyed this woman-in-love, so that she began thinking, she would fight to return to naivety.(GN 197-98)

이러한 현상은 사랑에 빠진 여자들이 대부분 겪는 것이다. 보부아르는 다음과 같이 그 문화적 현상을 설명한다:

> 남자와 여자에게 있어 '연애'라는 말은 서로 전혀 다른 의미를 가진다. …… "연애란 남자의 생활에 있어서는 일시적인 관계에 지나지 않지만, 여자에게는 인생 그 자체이다"라고 한 바이런의 말은 정곡을 찌른 것이다. …… 아무리 격렬한 정열 속에서도 남자들은 한번도 자기를 완전히 포기하지 않는다. 그들이 자기들의 애인 앞에 무릎을 꿇는 일은 있어도 그 경우에마저도 그들은 역시 그녀를 소유하여 자기의 부속물로 만들고자 한다. 남자들은 생명의 한가운데서도 자주적 주체로서 머물러 있다. 자기가 사랑하는 여자도 다른 많은 가치 가운데 하나에 불과하다. …… 이와는 반대로, 여자의 경우에 연애는 애인을 위한 하나의 완전한 권리의 포기이다.(보부아르 411)

즉, 남성을 만나는 순간 여성의 의존성은 마법의 잠에서 깨어나는 것이다.

그러므로 엘라의 순진함은 그녀에게 문화적으로 유전된 여성들의 의존성의 발로이다. 다시 말해서, 사랑하는 남자에게 보호받고 싶은 그녀의 잠재의식이 그녀의 눈을 멀게 한 것이다. 그리고는 5년 동안 폴은 자신과 결혼할 것이고 적어도 그들의 관계는 부부와 같다(GN 198)는 환상을 만들어 그 안에 안주한 것이다. 애나는 자신이 마이클의 사랑에 얼마나 의존하고 있었는지 깨닫는다. 즉, 애나는 하숙생인 동성애자와 말다툼을 하고 나서 자신의 등 뒤에서 그가 자신을 조롱하는 소리를 듣게 된 후, 그날 전철 안에서 만난 치한과 일주일 전 바지를 벗고 있었던 변태성욕자까지 머리에 떠오르자 두려움과 공포에 사로잡히게 되면서, 마이클이라는 울타리가 사라짐으로써 자신이 얼마나 상처받기 쉬운 사람이 되었는지를 자각하게 된다:

> 언제 이 낯설고 상처받기 쉬운 애나가 태어났을까? 그녀는 알고 있었다. 그것은 마이클이 그녀를 버렸을 때였다. 이 공포에 가득 차고 병든 애나는 남자로부터 사랑을 받는 한 왜곡된 성, 난폭한 성으로부터 면역이 되고 자유로웠다.
>
> And when had this new frightened vulnerable Anna been born? She knew: it was when Michael had abandoned her. Anna, frightened and sick, the independent woman, was independent and immune to the ugliness of perverse sex, violent sex, just so long as she was loved by a man.(GN 381)

즉, 마이클과의 사랑이 애나에게 있어서 삶의 도피처였던 것이다.

이러한 여성의 남성에 대한 의존성은 교묘한 방식으로도 나타난다. 마이클이 떠난 후 애나가 교제하게 된 희곡작가인 미국 남자 넬슨(Nelson)은 섹스에 대해 심한 공포심이 있어서 정신분석 치료를 받고 있었다. 그런 그는 애나를 만날 때 성격 분열증세를 보인다. 그런데 애나는 왜 그녀가 지난 몇 개월 동안 그를 계속 만나왔는지 그 이유를 분석해보고서 스스로 놀란다. 그것은 자신이 그를 치료할 수 있다는 영웅심리에서도 아니고 그에 대한 연민은 단지 일부에 지나지 않는다. 그것은 남자를 도와서 그를 강하게 만들어 궁극적으로 그 남자로부터 보호받고 싶은 여성 모두의 공통된 심리 때문이다 (GN 453). 몰리는 애나에게 자신이 섹스를 원하지 않을 때도 남자가 기가 죽는 모습을 보고 싶지 않기 때문에 그의 청을 거절하지 못한다고 고백한 적이 있는데 이는 그러한 심리의 단적인 예이다. 카플란에 의하면 이는 "궁극적인 수동성을 위한 적극적인 행동 acting in the interests of an ultimate passivity"(Kaplan 158)이다.

그런데 그 다음 순간 애나는 자신이 넬슨에게 자발적으로 순종하고 있다는 것을 깨닫고 더욱 놀란다:

> 나를 놀라게 하는 것은 내가 자발적이라는 것이다. 그것은 머더 슈가에 의하면 비위맞추고 순종하고자 하는 여성의 '부정적인 측면'의 발동이다. 이제 나는 애나가 아니다. 나는 아무런 의지가 없다. 나는 어떤 상황이 일단 벌어지고 나면 빠져나올 수 없다. 그저 되가는 대로 따라갈 뿐이다.
>
> No, what terrifies me is my willingness. It is what Mother Sugar would call 'the negative side' of the women's need to placate, to submit. Now I am not Anna, I have no will, I can't move out of a situation once it has started, I just go along with it.(GN 453)

애나의 이러한 여성적 순종은 그녀가 비록 의식하지 못했을 뿐 마이클을 만날 때 이미 나타났었다. 엘라는 폴을 위해서 줄리아 외에 일체의 사교를 포기한다. 카페에서 엘라가 전혀 의식하지도 못했던 남자를 쳐다보았다고 트집을 잡는 폴의 소유욕에 순순히 복종한 것이다. 그리고 엘라는 결국 폴을 위해 줄리아와의 우정도 희생한다. 엘라는 원래 줄리아의 집에 세 들어 살고 있었는데 줄리아를 의식하기 싫은 폴이 엘라에게 줄리아의 그늘에서 벗어나는 것이 좋겠다는 충고를 함에 따라 이사를 가게 되는데 이로 인해 엘리아는 줄리아의 우정마저 잃게 되었다.

또한 나중에 엘라는 폴을 붙잡기 위해서라면 그보다 더한 희생도

감수했을 것이라는 것을 깨닫는다. 업무차 파리에 간 엘라는 그곳에서 한 잡지사 편집장 로버트와 그 약혼자 엘리스를 함께 만난다. 여자는 전혀 아름답지 않았으며 남자가 지나가는 멋진 여자들을 계속해서 훔쳐보는 모습에서 남자는 여자에게 만족하지 못하다는 것을 알 수 있었다. 그런데 여자는 한시도 남자에게서 눈길을 떼지 않는다. 그들의 관계는 엘라에게 너무나 분명했다. 여자는 돈으로 남자와 거래를 한 것이다. 그들은 자신과 폴을 돌아보게 했고, 자신은 자신의 자아를 놓고 폴과 거래를 했을 것이라는 사실을, 다시 말해서 폴이 결혼하는 대신 엘라에게 작가로서의 삶을 포기하라면 기꺼이 응했을 것이라는 사실을 자각한다(GN 294). 엘라는 결코 자유롭지 않았다. 여성들의 길들여진 의존성이 엘라를 속박하고 있었던 것이다:

폴과 함께 하는 것이 본질적으로 내가 내 자신으로 남아 있는 것, 독립적이고 자유로운 존재로 남아 있는 것을 의미한다고 말할 수 있어야 했어. 나는 그에게 아무것도 요구하지 않았지. 분명 결혼을 요구한 건 아니야. 그런데도 이제 난 산산조각나 버렸어. 그러니 그건 모두 사기였던 거야. 사실상 나는 그의 품 아래 숨어서 보호를 받고 있었던 거지. 난 공포에 질려 있는 그 여자, 그의 아내보다 나을 게 없었던 거야. 난 로버트의 아내가 될 엘리스보다도 더 나을게 없어. 뮤리엘 태너[폴의 아내]는 결코 아무런 질문도 하지 않고, 자신의 존재를 지우고 폴을 지켰고, 엘리스는 로버트를 돈으로 사고 있지. 하지만 난 사랑이란 말을 해대며 스스로 자유롭다고 생각하면서도, 실제로는. …… 실제로는 폴과 함께하는 행복이 내겐 어떤 것보다도 중요했던 것이다.

I should have said that my being with Paul essentially meant I remained myself, remained independent and free. I asked nothing of him, certainly not marriage. And yet now I am in pieces. So it was all a fraud. In fact I was sheltering under him.

I was no better than that frightened woman, his wife. I am no
better than Elise, future wife of Robert. Muriel Tanner kept Paul
by never asking questions, by effacing herself. Elise is buying
Robert. But I use the word love and think of myself as free,
when the truth is ⋯⋯. The truth is that my happiness with
Paul was more important to me than anything ⋯⋯.(GN 293)

엘라는 자신의 성(sexuality)을 통해서도 자신이 자유롭지 못하다
는 것을 발견한다. 엘라/애나가 남성들처럼 자유로운 삶을 살고자 했
을 때 그녀가 염두에 둔 것 중의 하나는 남성들처럼 사랑과 관계없이
자유롭게 성을 즐기겠다는 것이었다. 그러나 엘라가 폴 이후 남성
편력을 통해서 새로이 알게 된 사실은 사랑이 없는 섹스에서는 오르
가즘을 느끼지 못한다는 것이다. 그래서 그녀는 "나 같은 여자에게
있어서 정조란 오르가즘이다 for women like me, integrity is the
orgasm"(GN 305)라고 주장한다. 줄리아는 이러한 엘라의 생각을 다
음과 같이 대변한다:

우리는 어떤데? 우리는 자유롭다고 말하지. 하지만 남자들은
그들이 관심이 전혀 없는 여자와 함께 있어도 발기할 수 있지만
우리는 그 남자를 사랑하지 않으면 전혀 오르가즘을 느끼지 못해.
그러면서 무슨 자유롭다는 거야?
'And what about us? Free, we say, yet the truth is they get
erections when they're with a woman they don't give a damn
about, but we don't have an orgasm unless we love him. What's
free about that?'(GN 429)

엘라와 줄리아가 경험한 남성과 여성의 차이는 대부분의 여성들은
사랑과 섹스를 분리하지 않지만, 대부분의 남성들은 이들을 분리할

수 있다는 사실이다. 또한 이러한 사실의 근본적인 이유는 사람들과의 관계를 중시하는 여성적인 성향과 독립을 중시하는 남성적인 성향 간의 차이에서 비롯된다. 이러한 현실을 인식하지 못했기 때문에 엘라는 이 시점에서 자신의 성을 단지 구속으로 받아들이고 있는 것이다. 여성이 남성과 사랑을 할 때 주체성을 잃지 않는 한 사랑과 성을 분리하지 않는 것이 더욱 바람직하다는 것을 아직 깨닫지 못하고 있는 것이다.

또한 엘라는 여자가 혼자 산다는 것이 오히려 자유롭지 못하다는 것을 알게 된다. 줄리아의 집에 같이 살 때는 그렇지 않았는데 혼자 살게 되자 엘라는 남성들로부터 계속적인 유혹을 받는다. 혼자 살고 있는 여성은 대부분의 남성들에게는 필요할 때 언제든지 접근할 수 있는 성적 대상으로 여겨졌던 것이다. 과거에 애나는 이를 '자유여성'의 장점으로 생각하며 그들의 아내에 대해서 승리감을 느꼈었다. 가정에 묶여 따분한 삶을 사는 여성들보다 훨씬 신명나는 삶을 산다고 생각하며 득의만만해 했었다(GN 423). 그러나 결혼한 남성들이 아내들이 출타중일 때 자신들의 쾌락을 위해서 혼자 사는 여성들을 잠시 이용할 뿐인 것을 알았고, 혼자 사는 여성에 대한 남성들의 일반적인 편견을 알게 되자 엘라는 지난날의 자신의 생각을 수치스럽게 여긴다.

남녀관계에 있어서 자유에 대한 애나의 사유는 여기서 끝나지 않는다. 마이클이 떠난 후 애나는 여러 남성들과 교제할 기회를 갖게 되는데 이를 통해 애나는 남녀관계에는 바깥세상과 마찬가지로 폭력이 존재하여 남녀간의 자유로운 사랑 즉 진정한 사랑을 가로막고 있다는 것을 발견한다. 이는 주로 파란색 노트에 나타나는데 그 대표적인 경우가 넬슨과 드 실바(De Silva)이다.

런던에 살고 있는 미국 극작가 넬슨은 보통의 경우와는 반대로 그가 아내에게 의존하며 아내를 통하여 삶의 안정을 얻는다(GN 459). 그의 아내는 남편을 지배하기를 즐기면서 동시에 그의 나약함을 증오한다. 넬슨은 아내의 지배를 필요로 하면서 또한 아내의 지배를 증오한다. 그들은 서로에 대한 가학적인 심리를 가슴 속에 묻어둔 채 이를 농담의 형태로만 표출한다. 그들은 서로에 대한 비난을 단지 게임인 척 하는 것이다. 이러한 둘 사이의 긴장은 넬슨으로 하여금 정신분석 치료를 받으러 다니게 만든다. 여성과 남성의 서로에 대한 정신적 폭력은 결국 두 사람의 결혼을 파괴하고 만다.

넬슨의 경우가 부부간의 정신적 폭력을 보여주고 있다면 드 실바는 남성들의 폭력성을 적나라하게 보여준다. 실론 출신의 기자인 드 실바는 영국인 여성과 결혼한다. 가난을 면치 못했던 드 실바는 아내를 설득해 실론으로 돌아간다. 실론의 상류계급인 드 실바 가족이 백인 여성을 받아들이지 않자 드 실바는 아내와 아이를 따로 살게 하고 자신은 아내와 본가를 오가며 생활한다. 영국에 돌아가고 싶어 하는 아내를 회유하여 드 실바는 그녀가 원하지 않는 둘째 아이를 갖게 만든다. 그런데 둘째 아이가 태어나자마자 드 실바는 그녀와 두 아이를 실론에 남겨둔 채 혼자서 영국으로 온다.

영국에서 드 실바는 친한 친구를 배반하고 창녀를 불러들여 잔인한 실험을 벌이는 등 계속해서 타인에 대한 정신적 폭력을 일삼는다. 드 실바의 친구 B는 드 실바의 후견인 같은 존재이다. 아내와 성생활이 만족스럽지 못했던 B는 자신의 집에 청소하러 오는 여자와 지속적인 성관계를 갖는다. 드 실바는 B의 아내에게 이 사실을 말해버리는데 그 이유는 단지 그 다음에 무슨 일이 벌어지는지 보고 싶어서였다(GN 468). 그리고 한 번은 창녀에게 섹스를 하는 동안 절대

감정적인 반응을 보이지 말라고 조건을 붙인 다음 자신은 그녀를 열렬히 사랑하는 남성처럼 행동을 한다. 창녀의 감정이 이에 따라 반응하기 시작하자 드 실바는 모든 동작을 멈춰버리고 잔인하게 그녀를 내쫓는다. 또 한 번은 애나에게 다른 여성과 섹스를 위해 그녀의 이층 방을 빌려달라고 한다. 그 까닭은 섹스하는 소리를 애나에게 들려주기 위해서라고 말한다. 이러한 그는 결국 애나의 꿈에 파괴의 화신으로 나타나기에 이른다(GN 471).

남녀관계에 대한 이러한 모든 경험들은 여성으로서 애나 자신의 실체뿐만 아니라 남녀관계의 실체를 깨닫게 했다. 애나가 자유여성을 추구한 것은 남녀간의 진정한 사랑이 가능하다고 생각했기 때문인데 자신의 길들여진 의존성과 남성들의 분열된 모습, 그리고 남녀관계에 폭력이 작용하는 것을 발견한 애나는 남성과의 진정한 사랑에 대한 바램이 시대착오적이라는 것을 깨닫는다:

> 끔찍한 건, 내 인생의 한 단계가 끝날 때마다, 누구나 다 알고 있는 진부한 문구만이 남을 뿐이라는 거야. 이번 경우에 그건, 여자들의 감정은 아직도 더 이상 존재하지 않는 그런 사회에 적합한 것들뿐이라는 거지. 나의 가장 깊숙한 감정, 나의 진정한 감정들은 한 남자와 관련되어 있을 뿐이지만 사실상 난 그런 류의 삶을 살고 있지 않고, 내가 아는 여자들 가운데도 그렇게 사는 여자들은 거의 없지. 그러니 내 느낌, 내 감정은 전혀 부적절하고 어리석은 거지. …… 난 언제나 내 자신의 진실된 감정이 어리석다는 결론에 도달하고 있고, 그래서 말하자면, 내 자신을 말소시켜 버리려 하는 거야.
>
> What is terrible is that after every one of the phases of my life is finished, I am left with no more that some banal commonplace that everyone knows: in this case, that women's

emotions are all still fitted for a kind of society that no longer exists. My deep emotions, my real ones, are to do with my relationship with a man. One man. But I don't live that kind of life, and I know few women who do. So what I feel is irrelevant and silly ···· I am always coming to the conclusion that my real emotions are foolish, I am always having, as it were, to cancel myself out.(GN 294)

애나가 추구한 자유여성이란 통합적 인간의 모습으로 남성과 사랑에서도 주체적이고 독립적인 인간이 되는 것을 지향하는 여성이었다. 그러나 애나가 마이클과의 사랑을 통해 자신도 대부분의 여성들과 마찬가지로 의존적이고 수동적이라는 사실과 남성들 역시 통합적이지 못해서 여성과 남성이 진정한 사랑을 할 수 없다는 사실을 깨달은 시점에서 그녀에게 자유여성이라는 정체성은 더 이상 의미가 없어지게 된다.

Ⅲ. 혼 돈

　본 장에서는 애나가 그녀를 둘러싸고 있던 자아정체성들을 잃어가
면서 정신적 혼돈에 빠져가는 과정과 그 혼돈의 정점인 광적인 상태
에서 자신의 파괴성, 곧 인간 내부의 악을 발견함으로써 삶의 혼돈
을 인정하는 과정을 살펴봄으로써 자아의 성숙과 혼돈에 대한 경험
이 어떤 관계를 지니고 있는지 파악하고자 한다.

1. 자아붕괴기

　자아 붕괴기는 애나가 자아분열을 느끼기 시작한 때부터 자아가
붕괴된 시점까지이다. 그러므로 이 시기는 애나가 자신의 정신적 혼
란을 수습하기 위해서 자신의 삶을 구분하여 네 권의 노트에 쓰기
시작한 1950년부터 딸 자네트가 애나의 곁을 떠난 것을 계기로 애나
의 자아가 완전히 붕괴되는 1957년까지의 기간에 해당한다.
　"노트들"을 통해서 우리는 애나가 1950년에 소설가로 등단하고,
영국 공산당에 입당하며, 마이클과 연애를 시작하고, 정신분석 치료
를 받기 시작했다는 것을, 그리고 1954년에 문학과 공산주의에 대한
의미를 잃고, 마이클과 헤어졌으며, 정신분석 치료를 마감했다는 것

을 알 수 있다. 애나는 1957년 광적인 상태에서 사울(Saul)을 만나 인간의 어두운 세계를 탐험하게 될 때까지 계속해서 네 권의 노트에 자신의 삶과 생각을 기록한다. 그리고 우리는 "자유여성"을 통해 사울을 만나기 전인 1957년에, 애나의 자아붕괴를 가속화시킨 커다란 사건이 있었다는 것을 알 수 있다. 그것은 몰리의 아들 토미(Tommy)가 자살을 시도하여 목숨은 건졌지만 두 눈을 잃게 된 사건이었다. 따라서 본 Ⅲ-1 부분에서는 이러한 사건들을 중심으로 애나의 자아붕괴가 어떤 양상으로 나타나고 자아붕괴의 의미는 무엇인지 살펴보려고 한다.

자아붕괴는 자아분열에서 시작한다. 자아분열이란 자아정체성이 흔들리는 것이다. 자아정체성이 흔들리면서 애나가 느낀 정신적 혼란은 "내 마음은 모든 것에 대해서 아주 모순적인 태도들로 가득 차 있어 The point is, it seems to me that my mind is a mass of totally contradictory attitudes about everything"(GN 335)라는 애나의 말이 잘 대변해준다 :

공산당에 관해서 말하자면, 전 그것에 대해 공포심과 증오를 느끼는가 하면, 그것에 필사적으로 매달리기도 하는 그런 복잡한 심리 상태를 오가고 있어요. 그것을 보호하고 돌보려는 욕구에서 말이에요. …… 그리고 자네트에 관해서, 전 그 애의 존재에 대해 격렬한 분노를 느낄 수도 있고 - 제가 하고 싶어하는 너무나 많은 것들을 포기하게 하니까요 - 그리고 동시에 그녀를 그만큼 사랑하지요. 그리고 몰리는, 전 이래라 저래라 명령하고 보호하려는 그녀의 태도가 싫고 그것 땜에 그녀를 싫어하다가도 또 이내 그녀를 사랑하게 돼요. 마이클의 경우도 마찬가지에요.

'About the C.P. - I swing from fear and hatred of it or a desperate clinging to it. Out of a need to protect it and look after it ···.' ···· 'And Janet - I can resent her existence violently because she prevents me doing so many things I want to do, and love her at the same time. And Molly. I can hate her one hour for her bossiness and protectiveness and love her the next. And Michael - it's the same thing. So we can obviously confine ourselves to one of my relationships and be dealing with my whole personality.'(GN 222-223)

작가로서 애나는 삶에 대한 질서를 제시해야 한다는 책임감과 자신이 겪는 삶이 모두 혼돈이라는 사실에 대한 절망감 사이에서, 공산주의자로서 애나는 유토피아적 세상에 대한 버릴 수 없는 꿈과 타락한 공산주의자들에 대한 혐오 사이에서, 자유 여성으로서 애나는 주체성과 자유를 향한 의지와 남성과의 사랑을 유지하기 위한 여성적 속성 사이에서 갈등한다.

이러한 내적 갈등은 기존의 의미체계에 대해 회의한다는 것을 나타내주며 회의를 한다는 것은 지금까지보다 더 많은 것을 인식하고 있다는 것을 의미한다. 즉, 내적 갈등은 성숙을 향한 시발점인 것이다. 자아분열이 성숙을 향해가는 한 과정으로서 긍정적인 경험이라고 할지라도 그 과정은 당연히 고통스러운 것이다. 그러므로 애나는 네 권의 노트와 정신분석 상담, 그리고 딸에 대한 어머니로서의 책임감에 의지하여 자신을 통제하고자 한다.

애나가 한 권의 노트가 아닌 네 권의 노트를 일기장으로 삼은 것은 그녀가 느끼는 혼란 때문이었다. 한 권의 노트에 자신의 삶을 기록한다면 그것은 혼돈 그 자체가 될 것이기 때문에 자신의 삶을 나누어 정리함으로써 자신의 삶에 질서를 부여하고 자신이 느끼는 혼란에서 벗어나고자 한 것이었다. 네 권의 노트를 자신의 군대로 여기며 바라보는 장면은 이러한 애나의 투쟁의식을 잘 보여준다:

> 그녀는 …… 산꼭대기에 있는 장군이 계곡 아래 사열하고 있는
> 그의 군대를 바라보듯이 네 권의 노트를 내려다보며 앉아 있었다.
> She … sat, looking down at the four notebooks as if she
> were a general on the top of a mountain, watching her armies
> deploy in the valley below.(GN 52)

그러나 네 권의 노트는 성공하지 못하고 앞 장에서 살펴보았듯이 애나의 갈등은 그녀의 자아정체성들의 상실로 끝난다. 작가로서, 공산주의자로서, 그리고 자유여성으로서 자아 정체성을 잃고 애나는 계속해서 노트들을 써나가지만 노트들은 점점 더 깊어져가는 애나의 정신적 혼란을 그대로 반영한다. 결국 네 권의 노트는 애나의 의도와는 달리 그녀의 분열된 자아를 상징하고 있는 것이다.

검은 색 노트는 1955년부터 1957년까지 아프리카에서 일어난 폭력에 관한 신문기사를 스크랩한 것으로 가득 차게 되며, 붉은색 노트는 1956년과 1957년 사이에 유럽과 소련, 중국, 그리고 미국에서 생긴 폭력에 관한 신문기사로 채워진다. 또한 그녀는 기사에 나오는 '자유'라는 단어에 붉은 밑줄을 긋는데 그것도 모자라서 스크랩이 끝난 부분에 자유라는 말은 679번씩 써 놓는다. 노란색 노트의 소설은 미완으로 남은 채 끝부분에는 남녀의 사랑을 주제로 19개의 짤막한 패스티시(pastiche)[20]가 나열이 되며, 파란색 노트는 날짜가 없어지

---

20) 패스티시는 패러디와 마찬가지로 특이한 혹은 유니크한 스타일을 모방하는 것이며, 문체라는 가면을 쓰고서 죽은 언어로 말하는 것이다. 그러나 패스티시는 그러한 흉내를 중립적인 입장에서 실천하는 것이며, 패러디가 가지고 있는 숨겨진 동기, 즉 해학적인 자극, 조소, 모방 당하는 것이 그것에 비해서 우스꽝스럽게 보이는 정상적인 무엇인가가 존재한다는 기분을 가지고 있지 않은 것이다. 패스티시는 무표정한 패러디, 즉 유머와 센스를 잃은 패러디이다. 패러디가 웨인 부스에 의해서, 이를테면 18세기의, 안정된 우스꽝스런 아이러니라 일컬어진 것이

고 알아보기 힘든 필체로 급하게 써내려 가는데 쓰고 나서 페이지를
가로지르는 사선을 긋고 또 다시 쓰고 나서 긋기를 몇 차례 반복하
는데 그 이유를 이렇게 말한다:

> 나는 그것을 쓰고 싶지 않았기 때문에 그 선을 그은 것이다. 마
> 치 그것을 쓰는 것이 나를 위험 속에 더욱 빠트리기라도 하는 것
> 처럼. 그러나 나는 이 사실, 즉 애나, 그 생각하는 애나가, 애나가
> 느끼는 것을 바라보고 '이름 붙일' 수 있다는 사실을 굳게 믿어야
> 한다.
>
> I drew that line because I didn't want to write it. As if
> writing about it sucks me even further into danger. Yet I have
> to hold fast to this - that Anna, the thinking Anna, can look at
> what Anna feels and 'name' it.(GN 448)

위 인용문은 애나가 글쓰기를 통해서 이성을 유지하고 자신의 정
신적 혼란을 극복해 보려는 의도가 잘 나타나 있는데, 위에서 묘사
한 네 노트들의 모습은 애나의 이성 또는 지성이 붕괴되고 있다는
것을 의미한다. 즉, 이성의 세계를 상징하는 언어의 세계가 무너지고
있는 것인데 애나 역시 이를 의식하게 된다:

> 그 기록들[파란색 노트의]을 읽는 지금 아무것도 느껴지지 않는
> 다. 나는 점점 더 단어들이 아무것도 의미하지 않게 되는 아찔한
> 현기증의 상태를 시달리고 있다. 단어들은 아무 의미도 없다. ……
> 지금 내게 일어나고 있는 일은 나 애나의 붕괴이고 내가 붕괴를
> 의식하게 된 것은 바로 이러한 것들을 통해서라는 생각이 든다. 왜
> 냐하면 단어들이 형식이고 만일 내가 형태 형식 표현이 아무것도

라 한다면, 패스티시는 하나의 기묘한 실천, 무표정한 아이러니의 현대
적인 실천인 것이다.(제임슨 206).

아닌 지경에 이르렀다면 나 역시 아무것도 아니기 때문이다. 노트
들을 읽는 동안 내가 애나로 남아있는 것은 어떤 종류의 지성 때
문임이 분명해졌다. 그런데 이 지성이 붕괴되고 있고 그래서 나는
너무도 겁이난다.

Yet now I read those entries and feel nothing. I am
increasingly afflicted by vertigo where words mean nothing. ····
It occurs to me that what is happening is a breakdown of me,
Anna, and this is how I am becoming aware of it. For words
are form, and if I am at a pitch where shape, form, expression
are nothing, then I am nothing, for it has become clear to me,
reading the notebooks, that I remain Anna because of a certain
kind of intelligence. This intelligence is dissolving and I am very
frightened.(GN 445-46)

개인이 언어 안에서 사고를 하는 반면, 사고의 틀인 자아가 붕괴
되어 가고 있을 때 언어는 더 이상 그 영향력을 행사할 수 없게 된
다. 그러므로 애나에게 언어가 아무런 의미를 지니지 않은 것처럼
보인 것이다. 즉, 자아가 붕괴됨으로써 언어 또한 붕괴되는 것이다.

네 권의 노트가 혼란에서 벗어나려는 자구책이라면, 애나가 정신분
석 치료를 받으러 간 것은 밖으로 도움을 청한 것이라 할 수 있다. 이
는 절망에 빠진 인간들이 종교에 기대는 것과 같은 심리에서 출발한
것으로서 애나의 이러한 심리는 정신분석가인 막스 부인(Mrs. Marks)
에 대해서 애나가 느끼는 이미지에 반영되어 있다. 애나는 막스 부인
에게서 "어머니 같은 마녀 large maternal witch"(GN 238)의 이미지
를 느끼는데 이 이미지에는 신을 잃은 사람들이 표류하다가 찾아드는
두 가지의 세속적인 피난처 - 어머니와 미신 - 가 결합되어 있다. 또한
자신의 나약함을 치유해줄 존재이기 때문에 실제로는 작은 체구의 막

스 부인을 애나는 "거구이고 강하다 large and powerful"(GN 238)고 생각한다.

그러나 정신분석 치료를 받기 시작하면서 정신분석에 대한 애나의 기대는 조금씩 무너진다. 세상의 폭력에 대한 두려움을 극복하고 세상에 대한 책임감을 회복하기 위해 찾은 정신분석가인 막스 부인은 예술가란 실제 삶에서는 무력한 존재라는 상식적인 생각으로 애나를 대함으로써 처음부터 애나를 실망시킨다. 그래서 막스 부인이 일기 쓰기가 애나의 창작장애를 극복하는데 도움이 될 것이라고 말했을 때(막스 부인은 애나가 쓸 수 없다는 것을 알고 있지만 애나는 쓰지 않는다고 생각한다), 애나는 막스 부인과의 면담을 기록해오던 파란색 노트에 더 이상 그녀의 면담을 기록하지 않는다. 그리고는 세계 도처에서 발생한 폭력, 살인, 전쟁 등에 관한 신문기사를 오려서 붙여나간다. 이는 1950년 3월에 시작하여 1954년 3월까지 지속되는데 정신분석 치료를 마감할 즈음에 다시 애나의 상담기록이 나타난다. 즉, 애나는 막스 부인과 상담을 계속하면서 또 한편으로 애나 자신의 방식대로 삶의 혼돈을 직시하려고 노력했던 것이다.

또한 애나가 자신의 방식에 집착했던 것은 잘 꾸며진 막스 부인의 방의 가식성보다는 자신의 삶이 지닌 완성되지 않고, 불안하지만 있는 그대로의 모습이 더 값지다는 것을 불현듯 깨달았기 때문이었다:

그녀가 생각하는 동안, 나는 우리가 앉아 있는 방을 둘러본다. 천정이 높고 길쭉한 그 방은 어둡고 조용하다. 사방에 꽃이 있다. 벽면은 온통 걸작품들의 복사판들로 뒤덮여 있고 작은 조각들이 있다. 거의 화랑 같아 보인다. 심혈을 기울여 꾸민 방이다. 그 방은 내게 즐거움을 준다. 화랑처럼. 그러나 중요한 것은 이 방에 있는 어떤 것도 내 인생의 어떤 것과도 일치하지 않는다는 것이다 - 내

인생은 언제나 조야 하고, 미완성이고, 가공되지 않은 있는 그대로
의 것, 시험적인 것이었고, 내가 잘 알고 있는 사람들의 삶 또한
그러했다. 이 방을 보고 있으려니 그 가공되지 않은 미완의 특질이
야말로 내 인생에 있어서 진실로 귀중한 것이며, 따라서 그것에 굳
게 매달려야 한다는 그런 생각이 들었다.

And in the meantime I look at the room we are sitting in. It
is tall, long, darkened, quietened. It has flowers everywhere. The
walls are covered with reproductions of masterpieces and there
are statues. It is almost like an art gallery. It is a dedicated
room. It gives me pleasure, like an art gallery. The point is, that
nothing in my life corresponds with anything in this room - my
life has always been crude, unfinished, raw, tentative; and so
have the lives of the people I have known well. It occured to
me, looking at this room, that the raw unfinished quality in my
life was precisely what was valuable in it and I should hold fast
to it.(GN 221)

그러므로 정신분석치료를 받은 후 막스 부인에게 붙여준 '머더 슈
가'(Mother Sugar)라는 애칭은 정신분석에 대한 애나의 시각이 압축
되어 있다. '머더'라는 말은 개인을 위로하는 정신분석의 힘을 나타내
고 있으며, '슈가'라는 말은 정신분석이 삶의 현실을 직시하고 현실에
부딪쳐 싸워나가도록 유도하기보다는 현실을 견뎌낼 수 있는 방법만
을 제시한다는 것을 의미한다. 모나 냎(Mona Knapp)의 표현을 빌
면, 그것은 "현실에 대한 자기 기만적인 사탕발림 a self-deceptive
sugarcoating over reality"이라는 것이다(63).

그래서 애나는 '머더 슈가'와의 상담으로 세상의 폭력에 대한 두려
움을 없애고 얼어붙었던 감정이 되살아났지만 근본적으로 '머더 슈
가'와의 경험은 노트들과 마찬가지로 실패라고 생각한다. 왜냐하면

애나에게 정신분석은 개인을 임상적으로 더 건강하게 만드는 것이
아니라 도덕적으로 더 나은 인간으로 만드는 것을 의미했기 때문이
다(GN 440). 즉, "세상의 모든 일을 의식하고 책임감을 느끼려고 노
력하는 통합적인 인간"이 되는 것을 돕는 것이다. 그러나 '머더 슈가'
의 방식은 개인의 경험을 모두 신화와 원형으로 해석하여 개인으로
부터 고통을 덜어주어, 곧 "덜 갈등하고, 덜 회의하고, 요컨대 덜 과
민하게 less in conflict, less in doubt, less neurotic in short"(GN
440) 만들어 줌으로써 사람들을 세상에서 전보다 더 쉽게 살아갈 수
있도록 해줄 뿐이다. 애나는 여기에서 만족하면 개인의 정신적 성장
은 멈출 것이라는 것을 간파한다:

> 전 신경증이라는 단어는 정신이 고도로 깨어있고 발전된 상태를
> 의미할지도 모른다는 걸 명확히 강조하고 싶어요. 신경증의 본질은
> 갈등이죠.
> I'm going to make the obvious point that perhaps the word
> neurotic means the condition of being highly conscious and
> developed. The essence of neurosis is conflict.(GN 439)

> …… 사람들이 분열되고, 정신적으로 무너진다는 것은 그들이
> 무언가에 스스로를 열어 놓았다는 것을 의미한다고 여겨진다.
> … it seems to me the fact they are cracked across, they're
> split, means they are keeping themselves open for something.(GN 443)

다시 말해서 정신적으로 불안한 것은 정신이 깨어 있고 열려 있기
때문이라는 것을 깨닫고 애나는 '머더 슈가'에게 "다음 단계는 내가
신화의 안전지대를 떠나서 애나 울프 홀로 앞으로 나아가는 것이죠.
The next stage is, surely, that I leave the safety of myth and

Anna Wulf walks forward alone."(GN 440)라고 하면서 열린 정신을 고수할 것을 선언한다. 요컨대 정신분석 치료는 네 권의 노트와 마찬가지로 애나의 자아붕괴를 막지는 못했지만 그녀로 하여금 갈등과 혼란을 더 이상 거부하지 않고 받아들이는 계기를 마련해 주었다.

또한 정신분석 치료는 애나의 무의식에 대한 탐구를 의미한다. 파란색 노트에 나타난 애나와 막스 부인의 상담 내용은 그녀의 꿈에 관한 것이 상당 부분을 차지한다. 애나는 늘 꿈을 꾸었는데 대부분의 꿈은 같은 내용의 악몽이었다. 그녀는 이를 "파괴에 관한 악몽 the nightmare about destruction"(GN 446) 또는 구체적으로 "악의의 원리 또는 악의의 기쁨에 관한 악몽 the nightmare about the principle of spite, or malice-joy in spite"(GN 446)이라고 불렀다. "그[칼 융]에게 있어서 꿈은 무의식과의 대화의 장이다; 미처 의식하지 못하거나 무시되어온 정신세계를 다루면서 의식을 조정하고 보완하는 작용이다. For him dreams were a source of communication from the unconscious ; a regulating and complementary balance to the conscious mind, often dealing with areas of the psyche which are unrealised or neglected."(11)라는 위태커의 설명은 애나의 악몽이 세상의 폭력에 대한 그녀의 뿌리 깊은 두려움을 표출하고 있다는 사실을 일깨워준다. 따라서 애나의 정신분석 치료는 결국 이러한 폭력에 대한 두려움을 인정함으로써 두려움에서 벗어나 세상의 폭력을 직시할 수 있도록 돕는 역할을 했다고 할 수 있다.

그리고 우리는 "자유여성"을 통해 "어둡고 무서운 혼돈의 소용돌이 an awful black whirling chaos"(GN 344)인 광적인 상태로 빠지기 전인 애나를 만난다. 1957년 여름부터 이야기가 시작되는 "자유여성"에 나타난 애나는 겉으로는 정상적인 생활을 유지하지만 그녀

의 내부는 불안으로 어지러운 것을 알 수 있다:

> 그녀는 자신을 바라보았다: 지적이고 비판적인 미소를 띠고 있
> 는 작고, 창백하고, 예쁘장한 자신을. 그녀는 이러한 정돈된 모습
> 뒤에 불안과 걱정으로 혼란스러운 자신을 느낄 수 있었다.
> She saw herself: small, pale, pretty, maintaining an intelligent
> and critical smile. She could feel herself, under this shape of
> order, as a chaos of discomfort and anxiety.(GN 363)

이러한 내적인 불안에도 불구하고 애나가 정상적인 생활을 유지할
수 있었던 것은 그녀의 삶의 "외적 틀 outer shape"(GN 518)이며
그녀의 "정상성 normality"(GN 508)인 딸 자네트(Janet)가 있었기
때문이다. 그러므로 한편으로 불안과 우울증에 시달리면서도 엄마로
서의 자아정체성에 의지해서 삶을 이끌어 나간다:

> 나는 계속 아주 우울했다. 나는 자네트의 엄마라는 면에 아주 많
> 이 의존해왔다. 나는 끊임없이 나 자신에게 묻는다 - 속으로는 생기
> 를 잃고, 초조하고, 죽어 있으면서 자네트를 위해서는 나는 여전히 침
> 착하고, 책임감 있고, 활기찰 수 있다는 것이 이상하지 않은가?
> I have been very depressed. I have depended a great deal on
> that personality - Janet's mother. I continually ask myself - how
> extraordinary, that when inside I am flat, nervous, dead, that I
> can still, for Janet, be calm, responsible, alive?(GN 464)

그런데 딸에 대한 사랑과 엄마로서의 책임감으로 불안과 우울증을
견디며 살아가는 애나를 더욱 더 불안하고 우울하게 한 것은 토미의
자살미수 사건이었다. 토미가 자살을 시도하기 전에 보여주는 정신
적 방황과 자살을 시도하여 실명한 것, 그리고 토미의 자살미수가

애나에게 끼친 정신적 타격이 "자유여성"의 주된 줄거리이다. 그러므로 "자유여성"은 결국 토미가 애나의 자아 붕괴의 촉매제 역할을 하는 과정을 보여주고 있다고 할 수 있다(물론 애나가 광증에 빠져 있는 상태와 사회로의 복귀를 보여주는 마지막 다섯 번째 "자유여성"은 제외된다).

"자유여성"은 1년 간 유럽으로의 외유를 마치고 돌아온 몰리를 애나가 그녀의 집에서 만나는 데서부터 이야기가 시작한다. 곧이어 몰리의 전남편 리차드가 토미의 문제를 의논하기 위해 몰리를 찾아와 토미에 대해 이야기한다.

토미의 문제는 그가 제 나이 – 1957년 현재 21살 - 에 걸맞은 진로선택을 하지 않는다는 것이다. 그는 대학에 진학하려고도 하지 않고 아버지인 리차드가 그의 회사에 일자리를 제공하겠다는 것도 거절한다. 토미는 몰리에게 돈을 벌어야 하는 것이 아니라면 얼마동안 이대로 지내겠다고 한다. 그는 주로 자신의 방에 틀어박혀서 책을 읽거나 생각에 잠겨서 지내고 있었다. 그가 소위 "의욕상실 a paralysis of the will"(GN 246)에 빠진 것은 리차드가 대변하는 개인의 성공과 부를 중시하는 세속적인 가치와, 애나와 몰리가 대변하는 더 나은 세상에 대한 믿음 중에서 어느 것도 받아들일 수 없었기 때문이다. 토미는 재계의 거물이지만 여자들의 뒤꽁무니나 쫓는 리차드의 진부하고 속물스러운 세계를 혐오하며, 전 공산주의자들인 몰리와 애나가 꿈꾸었던 유토피아적 세상에 대한 환상도 키울 수가 없었다. 비록 토미는 공산주의자이거나 전 공산주의자들 사이에서 세상에 대한 어떤 신념을 갖도록 길러졌지만 1957년 소련의 헝가리 진군이후 많은 서구 공산주의자들이 공산당을 탈당하는 세태 속에서 부모세대가 지녔던 일말의 꿈도 키울 수가 없었다.

세 사람이 토미에 관해서 이야기를 하고 있는 동안 그가 나타난다. 토미가 "의욕상실"에 빠진 것은 순전히 몰리와 애나의 탓으로 돌리는 리차드에게 그는 세상에 무슨 일이 벌어져도 전혀 꿈쩍 않고 지금 그대로 변하지 않고 살아갈 리차드보다는 자신을 고정시키지 않고 늘 변화할 수 있는 몰리와 애나처럼 살겠다고 항변한다. 즉 "성공과 모든 그런 것보다는 차라리 당신들처럼[몰리와 애나] 실패자가 되겠어요 I'd rather be a failure, like you, than succeed and all that sort of thing"(GN 35)라고 선언한다. 그러고 나서 굳이 돈을 벌어야 한다면 교사가 되거나 작가가 되겠다고 말한다. 작가가 되겠다는 말에 놀라는 애나에게 애나가 글을 발표하지 않는 이유는 독자를 믿지 않는 오만이거나 그들에 대한 경멸 아니면 삶에 대한 그녀의 생각을 노출한 후 결국은 혼자라는 사실만을 알게 되는 것이 두려워서라고 말한다. 그리고 작가의 책임감을 강조하는 그녀가 노트들에 삶에 대한 자신의 생각을 기록하고 그것들을 발표하지 않고 서랍에 가두어 두는 것은 무책임한 행위라고 비난한다. 이에 애나는 사람들은 오히려 자기 혐오감, 무질서, 또는 혼란을 퍼뜨리는 것이 무책임한 일이라고 말할 것이라고 이야기함으로써 토미의 입을 막는다.

이후에 토미는 더욱 자신의 방에서만 칩거한다. 그는 몇 시간이고 움직이지 않고 멍하니 앉아 있곤 한다. 그러던 중 그는 갑자기 애나의 집에 찾아온다. 애나의 부재중에 애나의 일기를 읽었던 그는 이번에는 애나가 정직하지 못하다고 비난한다. 삶의 혼돈을 인정하지 않고 계속해서 인위적인 질서를 부여하려고 하는 애나의 행위는 부정직한 겁쟁이 짓이라는 것이다:

"아줌마는 여기 앉아서 쓰고 또 쓰지만 그것을 볼 수 있는 사람은 아무도 없어요 - 그건 오만한 거예요. 전에도 그렇게 말했었죠.

게다가 아줌마는 진정으로 자기 자신이 될 만큼 정직하지조차 않
아요 - 모든 걸 그렇게 구획 짓고 쪼개 놓으니. 그러니 저를 타이
르고 구슬리면서 '넌 힘든 시기야'라는 말 따위가 무슨 소용이 있
겠어요. 아줌마가 어려운 시기에 처해 있지 않다면 그건 하나의 시
기에 처해질 수 없기 때문일 뿐이죠. 신중하게 자신을 여러 개의
구획으로 분리해 두니까. 만일 어떤 상황이 혼돈이라면 그게 실체
인 거죠. 어디에나 하나의 패턴이 있는 것 같진 않아요 - 아줌마는
단지 패턴들을 만들어내고 있을 뿐이에요. 겁쟁이 같은 짓이죠. 제
생각에 사람들은 결코 선하지 않아요. 그들은 식인종들이나 다름없
죠. 그리고 진실을 파헤쳐 보면, 어느 누구도 다른 사람을 진심으
로 관심 갖진 않아요. 가장 선한 사람들조차 모두 단 한 명의 다른
사람이나 자신의 가족들에게만 친절할 수 있을 뿐이라구요. 그건
물론 이기주의죠. 그건 선한게 아니에요. 우린 짐승들보다 나을게
없어요. 단지 그런 척 할 뿐이죠. 진짜로 말하면, 우린 서로에 대해
전혀 관심을 갖지 않는다구요."

You sit here writing and writing, but no one can see it -
that's arrogant, I told you so before. And you aren't even honest
enough to let yourself be what you are - everything's divided
off and split up. So what's the use of patronising me and
saying: You're in a bad phase. If you're not in a bad phase,
then it's because you can't be in a phase, you take care to
divide yourself up into compartments. If things are a chaos, then
that's what they are. I don't think there's a pattern anywhere -
you are just making patterns, out of cowardice. I think people
aren't good at all, they are cannibals, and when you get down
to it no one cares about anyone else. All the best people can be
good to one other person or their families. But that's egotism, it
isn't being good. We aren't any better than the animals, we just
pretend to be. We don't really care about each other at all.(GN
257-58)

이에 대해 애나는 세상이 조금씩은 나아질 수 있다는 믿음을 가지라고 말하지만 이미 애나의 일기를 읽은 토미에게 이는 공허한 발언일 뿐이었다.

애나를 만나고 난 후 집으로 돌아간 토미는 권총으로 자신의 머리를 쏘아 자살을 시도한다. 죽을 줄 알았던 그는 두 눈을 잃고 목숨을 건진다. 몰리와 애나의 우려와는 달리 그는 자신의 새로운 상황에 잘 적응해간다. 오히려 장님이 된 토미는 비로소 정상적인 생활을 해 나간다. 이러한 토미는 바로 애나가 막스 부인에게 말했던 삶의 한 진실을 상기시켜 준다:

"하지만 오늘을 충실하게 살아간다는 것, 즉 모든 일어나고 있는 것에 대해 차단하지 않고 살아가는 것의 본질은 갈등이에요. 사실상 전, 사람들을 바라보며 그들이 전적으로 온전한 것은 오로지 그들이 이러저러한 단계에서 차단하길 선택했기 때문이라고 말할 수 있는, 그런 단계에 도달했죠. 사람들은 차단함으로써, 스스로에게 한계를 지음으로써 제정신을 유지하는 거죠."
'But the essence of living now, fully, not blocking off to what goes on, is conflict. In fact I've reached the stage where I look at people and say - he or she, they are whole at all because they've chosen to block off at this stage or that. People stay same by blocking off, by limiting themselves.'(GN 439)

사람들은 자신을 제한하고 삶으로부터 어떤 보호막을 치지 않고서는 정상적으로 살아가기가 힘든 것이다. 따라서 시각을 잃는다는 것은 현실과 직접적인 접촉을 차단했다는 것을 의미하고 현실에 대해 장님이 됨으로써 토미는 더 이상 분열되지 않고 혼란스럽지 않게 된 것이다.

그런데 삶의 혼돈을 담고 있던 자신의 노트들을 읽지 않았다면 토미가 자살을 시도하지 않았을지도 모른다고 생각함으로써 우울해하는 애나를 더욱 우울하게 한 것은 장님이 된 이후 그의 행동이다. 몰리가 보기에 그는 그의 인생에 있어서 처음으로 행복한 모습이었다. 아이러니컬하게 두 눈을 잃은 토미가 이제야 "조각나지 않은 온전한 존재 all in one piece"(GN 354)가 된 것 같았다. 그런데 토미의 그러한 모습이 몰리와 애나를 기쁘게 하기는커녕 두 사람을 공포에 휩싸이게 한다. 그가 자신으로 인해서 주변 사람들이 불행한 것을 즐기고 있다는 것을 파악했기 때문이었다. 그는 희생자를 필요로 하는 "식인종"이 되었던 것이다(GN 360). 따라서 게임에 있어서 우위를 점하고 있다는 것을 알고 있는 토미는 몰리와 애나 그리고 리차드와 마리온[21]의 삶을 좌우하는 것을 즐기고 있었다:

"제[애나] 생각에 당신[리차드]은 토미의 장단에 맞춰 춤을 춰야 할 거에요. 몰리가 그렇듯이 말이에요. 마리온도 그렇고.", "예상했던 그대로군. 그 애[토미]는 불구가 되었는데 당신[애나]은 마치 그 애가 범죄자라도 되는 듯이 말하는군.", "그래요. 저도 그게 당신[리차드]이 기대했던 거라는 건 알고 있어요."

'⋯ I think you'll have to dance to Tommy's tune. Just as

---

21) 토미는 그의 아버지의 부인인 마리온을 일종의 제자로 삼는다. 술에 기대어 불행한 결혼생활을 지탱하던 마리온은 토미의 자살 사건 이후 술을 끊고 매일 토미를 찾아오고, 토미는 마리온에게 신문을 읽게 하는 등 세상에 대한 공부를 시킨다. 그리고 두 사람이 결국 도달한 지점은 아프리카 민족운동에 대한 참여인데, 이는 마리온의 치료를 위한 것이라는 토미의 완고함과 이제는 남을 위해 살겠다는 마리온의 신경증적인 태도가 애나를 고통스럽게 한다. 그들의 피상적인 사회참여(토미는 이후에 아버지의 사업을 물려받고 마리온은 고급 옷가게의 주인이 되는 것이 이를 뒷받침한다)는 삶에 대한 애나의 절망을 더욱 깊어지게 한다.

Molly is, and Marion too.', 'Just what I expected from you - the boy's cripple and you talk of him as if he's a sort of criminal.', 'Yes I know it was what you expected ⋯⋯'(GN 362)

이러한 토미의 모습은 애나를 탈진시킨다. 즉, 그녀는 "도덕적 고갈 moral exhaustion"(GN 475) 상태에 빠지게 된다. 토미는 삶의 혼돈과의 싸움에서 지친 애나가 질서를 추구할 수 있는 마지막 남은 힘마저 탕진하게 한 것이다. 애나는 이러한 상태를 물이 말라버린 우물에 비유한다:

> 그녀는 물이 서서히 차오르는 메마른 우물을 그려보았다. 그렇다; 바로 그것이 내가 잘못된 점이다. 나는 말라버렸다. 나는 텅 비어버렸다. 나는 어딘가에서 물줄기를 찾아야 해 그렇지 않으면. ⋯⋯
> ⋯ she had a mental image of a dry well, slowly filling up with water. Yes; that's what's wrong with me - I'm dry. I'm empty. I've got to touch some source somewhere or ⋯⋯.(GN 369)

애나는 자신이 혼돈과 싸울 수 있게 해주는 생명력을 잃었다는 것을 자각하고 있었던 것이다.

그런데 애나의 깊어지는 우울증은 결과적으로 엄마로서의 자아 정체성을 잃게 만든다. 왜냐하면 자네트가 우울한 애나로부터 도피하기라도 하듯이 기숙학교로 진학하기를 희망했기 때문이다:

> 그 아이가 '나 기숙학교에 가고 싶어요'라고 말했을 때 ⋯⋯ 그 아이가 정말 하고 싶었던 이야기는 '나는 정상적이고 평범하고 싶어요'라는 것이었다. 그 아이는 '나는 혼란한 분위기에서 벗어나고 싶어요'라고 말하고 있었던 것이다. 내 생각에 그 아이는 나의 우

울증이 점점 심해지는 것을 느꼈음에 틀림이 없다. ……

When she said: 'I want to go to boarding-school' ⋯ what she was really saying to me was: 'I want to be ordinary and normal.' She was saying 'I want to get out of the complicated atmosphere.' I think it is because she must be aware of my increasing depression ⋯⋯(GN 507-08)

자네트가 떠나 잠정적이지만 엄마로서 정체성마저 잃고 더 이상 삶을 지탱할 의미도 힘도 상실한 애나의 자아는 붕괴되고 만다.

그러면 자아붕괴는 어떤 의미를 지니고 있을까? 자아붕괴는 새로운 자아가 태어나기 위한 전초전이다. 그러면 새로운 자아가 태어나기 위해서는 왜 과거의 자아가 붕괴되어 사라져야만 할까? 그것은 장작더미 위에서 스스로 몸을 사르고 자신의 잿더미에서 새로이 날아오르는 불사조의 역설이 바로 인간의 정신세계에 대한 은유이기 때문이다. 자아의 붕괴란 자아의 죽음이다. 그러므로 과거의 자아가 붕괴되어야만 새로운 자아가 탄생될 수 있다. 애나 역시 자신이 겪고 있는 정신의 역정을 이러한 맥락에서 파악하고 있음을 알 수 있다:

마이클이 나를 떠나려 한다. 우린 끝났다는 생각이 든다. …… 그리고 나는 공산당을 떠날 것이다. 이것은 내 삶의 한 단계가 끝났다는 의미이다. 그 다음은 무언가? 나는 계속 나아가겠다. 기꺼이, 새로운 것을 향해, 그래야 한다. 나는 허물을 벗고 있다, 다시 말해 새로 태어나고 있다.

I think: Michael is leaving me, that's finished ⋯⋯ And I'm leaving the Party. It's a stage of my life finished. And what next? I'm going out, willing it, into something new, and I've got to. I'm shedding a skin, or being born again.(GN 331)

여기에서 "허물을 벗는다"는 애나의 표현이 자아의 붕괴를 보다 사실적으로 설명해준다. 즉, 새 자아를 입기 위해 헌 자아를 벗어 던지는 것이라는 비유가 자아의 붕괴에 대한 보다 구체적인 이미지를 제공한다.

그리고 우리는 키간을 통해서 이러한 현상에 대한 보다 과학적인 설명을 들을 수 있다. 키간에 의하면, 쉽게 말해서 "자기 자신으로부터 벗어나는 것 getting outside of oneself"(Kegan 50)이라고 할 수 있는 자아붕괴는 자아가 "주체에서 객체로 이동하는 것 moving from subject to object"(Kegan 50)이다. 다시 말해서 개인이 성숙할 때 개인은 자신의 주체 또는 자아에서 벗어나게 되어 그의 자아는 객관적으로 바라볼 수 있는 대상 즉 객체 또는 타자가 된다. 자아가 붕괴됨으로써 개인은 자신의 자아로부터 벗어나게 되고 옛 자아를 타자로 관찰함으로써 새로운 자아를 형성할 수 있게 되는 것이다. 그러므로 자아붕괴란 지금까지 내 안에 있었던 것들을 밖으로 꺼내 놓는 것으로 비유될 수 있다. 밖으로 내놓고 객관적으로 평가하여 그것들을 계속해서 간직할 것인지를 생각해보기 위한 것이다. 결국 자아붕괴란 개인이 성숙하는 과정에 나타나는 한 과정인 것이다.

지금까지 애나의 자아붕괴기를 통해서 애나가 삶의 혼돈을 부정하고 삶의 질서만을 고집하지만 결국은 삶의 혼돈에 의해 엄습 당하는 과정을 보았다. 애나는 삶의 혼돈에 의해 자아분열을 느끼자 네 권의 노트에 자신의 삶을 정리하고, 정신분석 치료를 받음으로써 자아분열에서 벗어나고자 하지만 결국 실패하고 자아분열에 따른 불안과 우울증 속에서 생활한다. 이러한 상황에서 토미의 자살 소동과 실명 후 그의 왜곡된 모습은 애나를 죄의식과 삶에 대한 공포에 깊이 빠트림으로써 애나의 삶의 에너지를 고갈시킨다. 이때 자네트가 기숙학교로 진학함으로써 애나를 지탱해 오던 엄마라는 자아정체성마저 잃게 되자 그녀의 자아는 붕괴되어 버린다. 그런데 이러한 자아붕괴는 성숙하는 과정의 한 단계로서 애나로 하여금 새로운 단계, 즉 새로운 자아를 형성하기 위한 준비 단계로 나아갈 수 있게 해준다.

2. 자아 공백기

나라고 여길 수 있는 것이 아무것도 없고, 자아가 타자가 된 자아 공백기에 개인은 어떻게 될까? 키간에 따르면 새로운 자아가 형성되기 전인 이때에 평상시에 자아에 의해 억압되었던 본능적 감정들이 나타나고 이러한 감정들은 개인의 어두운 면으로 인식되어진다(237). 애나 역시 이 자아 공백기에 본능적 감정의 늪에 빠지며 그녀는 이를 광증이라 일컫는다. 애나는 이 광증과 싸워나가는 한편 그것을 통해 자신의 악한 면을 인식하게 됨으로써 새로운 자아를 구축할 준비를 하게 된다.

딸 자네트가 집을 떠난 후, 삶의 모든 의미들을 잃어버린 애나는 집안에 칩거하면서 "목적이 없는 독서, 목적이 없는 생각 aimless, reading, aimless thinking"(GN 518)으로 일관한다. 그러던 중 사울이라는 미국 남성이 애나의 집에 하숙하러 오게 된다. 그는 '미숙한 반스탈린주의자'라는 이유로 미국 공산당에서 쫓겨났으며 빨갱이라는 이유로 헐리우드에서도 더 이상 받아주지 않는 작가이다. 애나가 사울을 만났을 때 그는 이미 몸과 마음이 지치고 병들어 있었다. 그는 시간관념이 희박해져 버렸으며 다중인격 증세를 보인다. 애나의 분류에 따르면 사울은 "나, 애나를 이해하는 친절하고 다정하며 형제

같은 남자, 또는 교활하고 남의 눈치를 보는 아이, 또는 증오로 가득 찬 미친 사람 the gentle brotherly affectionate man, who knows me, Anna; or a furtive and cunning child; or a madman full of hate"(GN 551-52)의 모습을 지니고 있다.

"다정한 형제와 같은" 사울이 애나와 대화를 했을 때 사울은 소박함과 솔직함, 그리고 애나와 같은 진보적인 사고를 지닌 여성들에 대해서 우애를 보임으로써 그녀를 놀라게 한다. 애나는 바로 그러한 사울을 사랑하게 되고 피난처가 필요한 사울 역시 그녀를 사랑하게 되는데 두 사람의 사랑은 굴 밖의 세상이 무서워 굴속으로 쫓겨 들어온 불안에 떠는 두 마리 짐승들의 사랑과 같았다:

> 공포 때문에 그는 나와 사랑을 나눴다. 혼자 있는 것에 대한 공포. 사랑에 빠진 여자, 그 본능적인 동물이 거부했던 것은 거짓된 사랑이 아니라 바로 그 공포로부터의 사랑이었다. 그러나 두려움에 찬 애나는 반응을 보였다. 우리는 공포를 매개로 사랑하는 겁에 질린 두 마리 짐승이었다. 나의 두뇌는 공포에 사로잡힌 채 경계하고 있었다.
>
> He made love to me, out of fear. Fear of being alone. It was not the counterfeit love the woman-in-love, that instinctive creature, repudiated, but it was love from fear, and the Anna who was afraid responded; we were two frightened creatures, loving through terror. And my brain was on guard, fearful.(GN 527)

그러나 한 여자와 사랑에 빠지는 것은 자유를 잃는 것이라고 생각하는 사울은 밖에서 다른 여성들을 만남으로써 애나로부터 자신을 보호하는데, 이로 인해 애나는 예전에 느껴보지 못한 "끔찍하고 악의에 찬 질투 a terrible, spiteful jealousy"(GN 527)에 사로잡힌다.

애나의 잔인한 질투에 대해 사울은 광기 어린 증오로 답함으로써 두 사람의 사랑은 마치 전쟁과 같았다.

이렇게 사울과 지내는 동안 애나는 자신의 광증을 인식하게 된다. 먼저 애나는 건강한 정신상태와 비교했을 때, 자신의 정신이 건강하지 않다고 생각한다:

그것은 일종의 계시 - 우리가 항상 알아 왔던 것, 그러나 전에는 결코 진실로 이해하지 못했던 그런 것들 중의 하나 - 였다. 모든 정상성은 이것, 즉 부드러운 발바닥 밑에 카페트의 거칠은 촉감을 느끼는 것이 즐거움이고 피부에 닿는 열기를 느끼는 것이 즐거움이고 똑바로 서서 뼈들이 살 속에서 부드럽게 움직이는 것을 인식하는 것이 즐거움이라는 사실에 의존해야 한다는 깨달음. 그리고 만일 이것이 사라진다면, 그렇다면 인생에의 확신 역시 사라질 것이라는 깨달음. 그러나 나는 그것들 가운데 어떤 것도 느낄 수 없었다. 이 카페트의 짜임새는 내게는 아주 역겨웠고 기계로 처리된 죽은 것일 뿐이었다. 여위고 가냘픈 내 몸은 햇빛을 받지 못한 식물처럼 앙상했다. 내 머리의 모발을 만졌을 때 그것은 죽어 있었다.

··· it was an illumination - one of those things one has always known, but never really understood before - that all sanity depends on this; that it should be a delight to feel the roughness of a carpet under smooth soles, a delight to feel heat strike the skin, a delight to stand upright, knowing the bones are moving easily under flesh. If this goes, then the conviction of life goes too. But I could feel none of this. The texture of the carpet was abhorrent to me, a dead processed thing; my body was a thin, meagre, spiky sort of vegetable, like an unsunned plant; and when I touched the hair on my head it was dead.(GN 573)

애나의 정신이 건강하지 않다는 것은 그녀가 생의 기쁨을 전혀 느끼지 못하는 데서 나타난다. 그녀의 정서가 "메마른 우물 a dry well"(GN 369) 같기 때문이다. 그렇다고 해서 애나가 정신병자가 된 것은 아니다. 애나는 사울과 지내는 동안 계속해서 파란색 노트에 일기를 쓰고 있는데 애나의 글은 자신의 상태를 너무나도 잘 알고 있는 사람의 글이다. 병이라면 지나치게 자기자신을 들여다보고 있는 것이 병적인 증세라고 할 수 있다. 정신이 건강한 사람은 자기자신에게 별로 주목하지 않는다. 건강할 때 사람들이 몸에 관심을 기울이지 않는 것과 마찬가지이다. 자아가 붕괴되어 우울증과 불안 속에서 자기자신만 바라보고 자기자신에 주목할수록 불안이 더욱 증가되는 악순환에 빠지는 것이다. 애나는 자기자신이 언제 광적이 되는지 그리고 그 상태까지 파악하여 일기에 적고 있는데 애나가 광적이 되는 순간이란 바로 불안과 두려움이 극대화되어 애나의 의식을 완전히 지배하는 순간들로서 애나는 자신의 이러한 광증을 악마라고 부른다:

악귀들이 방밖으로 나가 버렸어. 세 개의 난로들로부터 나오는 열기로 몸을 따뜻하게 하며 발가벗은 채로 침대 위에 앉아서 난 바로 그렇게 생각했다. 악귀들이라고. 마치 그 두려움, 그 공포, 그 불안감이 내 안에, 그리고 사울 안에 있는 것이 아니라, 들어오고 나갈 적절한 기회들을 선택하는 외부의 어떤 힘에 있기라도 한 듯이.

The devils had gone out of the flat. That is how I thought, sitting on my bed naked, warmed by the heat from the three fires. The devils. As if the fear, the terror, the anxiety were not inside me, inside Saul, but some force from outside which chose its moments to come and go.(GN 571)

애나는 이러한 광증과 정상적인 상태를 오가면서 자아구축의 발판이 될 전혀 새로운 인식에 다다른다. 그런데 이때 사울은 아주 중요한 역할을 한다. 왜냐하면 애나가 그에게서 자신의 모습을 발견하고 광증을 보이기 시작했기 때문이다. 다시 말해 토미가 애나의 자아붕괴로 가는 과정에서 촉매제 역할을 했다면 그는 애나가 자아의 재구축으로 가는 치유의 과정에서 촉매제 역할을 한다고 볼 수 있는데 바바라 힐 리그니(Barbara Hill Rigney)에 의하면 이는 그가 애나의 닮은꼴이기 때문에 가능했었다. 그녀는 다음과 같이 사울의 역할에 대해 구체적으로 설명해준다:

> 정신이 분열되었다고 진단되는 것은 이 영혼 쌍둥이를 인식하고 자신의 자아의 거울을 대면함으로써 이루어진다. 이 소설들[『제인 에어』(*Jane Eyre*), 『델러웨이 부인』(*Mrs. Dalloway*), 『사대문안의 도시』, 『떠오르기』(*Surfacing*)]에서, 영혼 쌍둥이는 본질적으로 긍정적인 역할을 함으로써 도스토에프스키나 포우와 같은 남성 작가들의 심리적 작품에서 그려졌던 악마적 닮은꼴이라는 전통적인 모습에서 멀어졌다. …… 이 소설속의 주인공들은 영혼쌍둥이를 인식한 후 실질적인 광증으로 떨어지기 시작한다. ……
>
> It is only through recognition of this doppelganger and thus the confrontation with one's mirror-self that the psyche can be diagnosed as split. In these novels[*Jane Eyre*, *Mrs. Dalloway*, *The Four-Gated City*, *Surfacing*], the doppelganger serves and essentially positive function and is therefore a departure from the figure of the demonic double traditional in psychological works of fiction by male writers like Dostoevsky or Poe. ···· Upon recognition of the doppelganger, each protagonist begins a decent into actual madness ····(122)

  그러므로 애나가 사울을 만나고 난 뒤에 광증이 생겼다는 것은 이처럼 영혼쌍둥이로서 자아의 거울역할을 하는 사울을 통해 자신을 객관적으로 바라보게 됨으로써 자신의 광증을 인식하고 광증을 극복하기 위한 싸움을 시작했다는 것을 의미한다. 우리가 병명을 알고 난 다음에 바로 그 병을 치료할 수 없고 그 병과 싸우며 우리 몸의 면역력을 길러야만 하듯이 애나의 광증 역시 그것을 극복하는 데는 시간이 필요하고 그 기간동안 애나는 자신의 병을 똑바로 바라보아야만 한다. 그래서 애나는 사울을 만난 후부터 파란색 노트에 자신의 광증에 대한 관찰을 낱낱이 기록하기 시작하고 그 과정에서 자신의 어두운 면을 발견한다. 다시 말하면 애나는 사울과 함께 "자아의 야생지대 the wild places of the self"(Rigney 122) 곧 애나에게는 전혀 낯선 자아의 지대[22]를 탐험했다고 말할 수 있다.

  그러면 애나는 어떻게 자신의 어두운 면을 인식하게 될까? 먼저 앞에서도 언급했듯이 광증은 불안과 공포, 우울증이 지나친 상태이다. 애나의 불안과 우울증은 자아붕괴에 따른 것이다. 그런데 자아붕괴란 애나에 대한 객관적인 분석에 따른 말일 뿐 애나의 불안과 우울증을 직접적으로 야기한 감정은 자신은 실패자고, 아무 쓸모도 없다는 절망감이며 자기자신을 없애버리고 싶은 죽음에의 충동이다. 애나의 죽음에의 충동은 유토피아적 삶에 대한 꿈이 처음으로 좌절되었던 아프리카 시절부터 잠재되어 있던 것으로서,[23] 자신이 추구

---

22) 자아의 낯선 곳을 탐험하는데 동반자인 사울은 미국인으로서 이방인이다. 『어두워지기 전 여름』(*The Summer before the Dark*, 1973)에서 케이트(Kate)가 자기발견의 여정에 동반하는 사람 역시 미국 남성이다. 레싱의 의도는 정확히 알 수 없지만 그들이 이방인이라는 사실은 탐험해야 할 자아의 지하세계가 전혀 낯선 곳임을 강조해준다.
23) 애나의 소설 『최전선』을 지배하고 있는 "거짓된 동경"이 바로 죽음을 향한 것이었다.

하던 삶의 의미들을 잃은 후, 곧 자아가 붕괴되어 갈 때 소설 속의 소설에서 다시 나타난다. 『제 삼의 그림자』의 주인공 엘라는 소설을 쓰고 있었는데 그 소설은 자살하는 순간까지 자신의 자살의도를 알아차리지 못했던 남자의 이야기로서 그 남자의 삶은 바로 애나의 삶을 압축하고 있었다:

그 소설의 핵심은 질서정연하고 계획되어 있지만 아무런 장기적인 목표도 없는 그의 표면적인 삶과 오직 자살만을 지향하며 결국 자살로 이끌어 가는 숨은 동기간의 대비일 것이다. …… 밑에 흐르는 절망, 또는 광기, 또는 비논리가 먼 미래의 실현 불가능한 환상들을 이끌어 내거나 아니면 오히려 그러한 환상들로부터 생겨난다고나 할까. …… 그 죽음의 순간에 비로소 죽음을 향한 어두운 충동과 죽음 그 자체간의 고리가 아름다운 생에 대한 격렬하고도 광기 서린 환상들이었음이, 그리고 상식과 질서는 (스토리 초반부에서 여겨졌던 것과는 달리) 제정신의 증상들이지만 광기를 암시해주는 것들이었음이 이해가 될 것이다.

The point of the novel would be the contrast between the surface of his life, which was orderly and planned, yet without any long-term objective, and an underlying motif which had reference only to the suicide, which would lead up to the suicide ···· The undercurrent of despair or madness or illogicalness would lead onto, or rather, refer back from, the impossible fantasies of distant future ···· It would be understood at the moment of death that the link between the dark need for death, and death, itself, had been the wild, crazy fantasies of a beautiful life; and that the commonsense and the order had been (not as it had seemed earlier in the story) symptoms of sanity, but intimations of madness.(GN 162)

위 인용문을 통해서 우리는 애나의 광증이 정신적 자살이라는 것과 자신의 광증을 인식하기 전까지 애나는 자신이 얼마나 절망에 빠져 있는가를 알지 못했다는 사실을 확인할 수 있다.

이와 같이 감정의 지배를 받고 있는 애나는 상대적으로 이성의 힘이 약해지고 그럼으로써 평상시에 이성에 의해 억제되었던 본능이 표출된다. 이때 표출된 본능의 세계에 속한 것이 애나의 "끔찍하게 악의에 찬 질투"고 사울의 "광기 어린 증오"이다.

그러나 자신의 어두운 본성을 경험하자마자 바로 자신의 악한 면을 인정하기란 어려운 일이다. 애나가 자신의 질투와 사울의 증오가 인간의 파괴성에서 나온 것이라는 사실을 깨닫기까지 일정한 기간이 필요했다. 사울에 대한 애정이 자신을 악의에 찬 질투에 휩싸이게 함으로써 자신을 더욱 전락시킨다고 생각한 애나는 사울이 그녀의 곁을 떠나야 한다고 생각한다. 그러나 사울에게 떠나달라고 요청하기에 애나는 아직 무기력했다. 그래서 애나는 정상을 회복하기 위해서 딸 자네트를 생각한다. 딸 자네트를 생각하면 지금이라도 자신을 추스릴 수 있다는 것을 안다. 그러나 애나는 지금은 때가 아니라고 생각한다. 그 이유는 "끝까지 해내야 할 무엇인가가 있다. 치러야 할 어떤 의식이 있다 Something has to be played out, some pattern has to be worked through……"(GN 545)라고 생각했기 때문이다. 리그니는 광증을 성숙을 위한 통과의례로 해석함으로써 애나가 자신이 거쳐야 할 것이라고 어렴풋이 느끼는 과정을 명백하게 밝혀준다:

광증은 의식적이고, 진정으로 제정신을 지닌 사람이 발전하는 한 단계일 뿐이다. 융의 신화 비평이 밝히고 있듯이, 모든 영웅들은 그들이 입법자로서 다시 돌아올 수 있기 전에 은둔과 깊은 성찰의 단계를 거쳐야만 한다. …… 병이 밝혀지고 버려지지 않는다면 사람은 결코 진실로 건강할 수 없고, 분열을 파악하고 바로잡지 않으면 결코 완전해질 수 없다. 그러므로 랭과 언급된 페미니스트 소설가들[에밀리 브론테, 버지니아 울프, 도리스 레싱, 마아가렛 에트우드]이 환영하고 있는 것은 광증 자체가 아니라 귀환이다.

Madness is but a stage in the evolution of a conscious, truly sane person. As Jungian myth criticism had revealed, all heroes must pass through a phase of withdrawn and deep introspection before they can return as lawgivers. ···· One can never be truly well, it might be fatigued, unless illness is identified and rejected, never whole unless divisions are seen and mended. The return, then, and not the insanity itself, is what Laing and the feminist novelists to be discussed have chosen to celebrate.(8)

여기에서 애나가 거쳐야 할 의식이란 바로 "은둔과 깊은 성찰"이다.

그런데 애나의 성찰은 새로운 인식을 가져오고 애나의 새로운 인식은 꿈의 형태로 나타난다. 애나의 깨달음이 꿈의 형태로 그려지고 있는 것에 대해서 랭과 오른스타인(Robert Ornstein)은 이해의 실마리를 제공한다:

다른 출발점에서 시작하여 ……, 그들[랭과 오른스타인]은 인간의 의식의 기본 성격에 관하여 아주 유사한 관점에 도달했다. 그들은 우리가 문화적으로 "정상적"인 의식이라 부르는 것, 곧 그들이 "자아의" 또는 "합리적-분석적"이라고 부르는 의식 너머에 그들이 "비자아의" 또는 "직관적"이라고 부르는 다른 형태의 의식이 있다는 입장을 고수한다. ……

Setting off from different starting-points ···, they [R. D. Lang and Robert Ornstein] arrived at very similar views on the nature of human consciousness. They maintain that beyond our culture's "normal" consciousness, which they call "egoic" or

> "rational-analytic," there is a different mode of cognition, which
> they term "non-egoic" or "intuitive"····(Spiegel 78)

즉 자아의 붕괴로 인해 이성적이고 논리적인 의식이 약해짐에 따라 상대적으로 직관적 의식이 발전할 수 있다는 것이다. 그런데 꿈은 무의식의 영역에 속하고 무의식은 논리보다는 직관의 세계라고 할 때 꿈은 곧 직관적 계시를 의미한다고 하겠다. 그러므로 애나가 꿈을 통해 깨달음을 얻었다는 것은 깨달음은 논리적 사고를 통해서보다는 직관을 통해서 온다는 것을 말하고 있다.

그런데 직관의 발전은 의식의 확장이고 이러한 의식의 확장은 자기몰입에서 벗어남으로써, 곧 삶에 대한 "초연함"(detachment)에 도달함으로써 얻어진다. 애나는 광증을 겪으면서 한편으로 그녀 나름대로의 방식으로 이 "초연함"을 길러나간다.

애나는 삶에 대한 "초연함"을 지닌 그녀의 역할모델(role model)로서 아프리카의 민족운동가인 마쓰롱 씨(Mr. Mathlong)를 생각한다. 그녀는 그와 함께 다른 "사회 개혁가들 world-changers"(GN 583)을 눈앞에 그려본다. 고문 받고 있는 알제리 병사, 모스크바 감옥의 공산주의자, 쿠바의 군인, 이집트에서 죽어간 영국 병사, 소련 탱크를 향해 수제폭탄을 던지고 있는 부다페스트의 학생, 중국의 농부들이다. 그들은 서로 알지 못하지만 그들을 하나로 연결해주는 것은 그들이 세상을 변화시키는 자들이라는 것이다. 그러나 그들 역시 마쓰롱씨가 지닌 "초연함"이 결여되어 있었다. 애나는 사울과 자신을 포함하여 세상의 변화를 위해 뛰는 자들 모두가 바로 이 "초연함"이 필요하다는 것을 깨달았다. 이 "초연함"이란 자신의 행동의 결과에 대해 집착하지 않는 것이다:

나는 마쓰롱씨가 되겠다고 중얼거렸다. 내 자신을 이 인물이 되게 하겠다고. …… 그러나 실패였다. '내가 실패한 것은 이 인물에겐 다른 모든 사람들과는 달리 초연함이 있기 때문이야.' 나는 그렇게 중얼거렸다. 그는 자신의 행동의 결과들에 대해 냉소적인 회의를 지니고 있는 동안에조차 타인들의 유익을 위해서 필요하다고 여겨지는 행동들을 실행하고, 역할들을 수행하는 남자였다. 이 특수한 종류의 초연함이야말로 이 시대에 우리에게 몹시 필요한 어떤 것이라고 여겨졌다. 하지만 아주 극소수의 사람들만이 그것을 갖고 있고 그것은 확실히 내게는 너무나 멀리 있는 어떤 것이었다.

I said to myself I would be Mr Mathlong, I would make myself be this figure …, but I failed. I told myself I had failed because this figure, unlike all the others, had a quality of detachment. He was the man who performed actions, played roles, that he believed to be necessary for the good of others, even while he preserved an ironic doubt about the results of his actions. It seemed to me that this particular kind of detachment was something we needed very badly in this time, but that very few people had it, and it was certainly a long way from me.(GN 558)

다시 말해서, 결과에 대한 집착이 강하다는 것은 자신의 생각에 빠져 있다는 것을 의미하므로 결과에 대한 집착에서 벗어난다는 것은 자기몰입에서 벗어난다는 것을 말한다.

애나가 이 "초연함"이 부족하다는 것은 "사회 개혁가"로서 그녀의 태도에서 가장 잘 나타난다. 보다 나은 세상을 만드는 것이 삶의 의미였던 애나는 공산주의라는 이데올로기에 의지하여 이를 달성해 보고자 한다. 그러나 공산주의는 인간의 문제를 해결하지 못하고 오히려 피해자만 속출하는 것을 보며 애나는 세상은 이대로 혼돈으로 끝날 것이고 자신은 아무것도 할 수 없다는 생각에 자신이 "아무 쓸모도 없다 never be any use"(GN 50)는 철저한 자기비하에 빠진다. 이는 아프리카 시절 2차 세계대전 중에 삶의 폭력적인 모습에 절망해서 애나가 느낀 허무주의와 같은 선상에 놓여 있다. 이러한 허무주의는 자기파멸에 대한 충동을 포함한 극단적인 절망의 형태이다. "어떤 것도 이 허무주의, 곧 모든 것을 전복시키고자 하는 분노와 파멸의 일부가 되고자 하는 열망과 의지보다 강력한 것은 없다 Nothing is more powerful than this nihilism, an angry readiness to throw everything overboard, a willingness, a longing to become part of dissolution"(GN 60-61)라는 애나의 말은 그녀의 절망의 깊이를 느끼게 해준다.

그런데 이 극단적인 절망을 뒤집으면 거기에는 인간성에 대한 순진한 믿음을 바탕으로 한 세상의 변화를 향한 열정이 있다. 그러나 애나는 마쓰롱씨처럼 자신의 행동의 결과에 대해 연연하지 않는 "초연함"이 부족했다. 따라서 삶의 실제 모습을 직면한 애나는 마음의 유연성이 부족하기 때문에 아름다운 삶을 위한 희구가 강한 만큼 극심한 절망감에 빠진 것이다.24)

------

24) 공산주의자로서의 좌절이 애나에게 가장 큰 타격이라고 말할 수 있다. 애나는 사울을 가리켜 "그는 근본적으로 정치적인 사람이다, 그것이 그를 가장 심각하게 하는 것이다 he is a profoundly political man, and that is where he is at his most serious"(GN 552)라고 하는데 이는 또한 애나의 경우이기도 하다. 애나를 괴롭히는 것, 즉 자신은 "아무 쓸모도 없다"는 생각은 "사회 개혁가"로서의 생각이다. 여성이기 때문에 사울과는 달리 여성으로서의 문제로 인해 분열되기도 하지만 작가로서의 고민 또한 세계변화를 위한 것일 때 애나가 삶에서 추구하는 것은 사울과 같다. 그들이 함께 지내는 동안 그들의 대부분의 대화는 정치적인 것이었으며 시시각각 광증의 위협을 받으면서도 세계의 정치에 관해서 이야기할 때 그들의 정신은 가장 맑았다(GN 553). 그것이 여

 따라서 애나의 광증은 이러한 특성이 자신에겐 부족하다는 것을 깨닫는 계기가 됐다. 그래서 애나는 광증에서 벗어나기 위하여 "초연함"을 기르기 위한 훈련을 시작하는데 그녀는 이를 "그 게임"(the game)이라 부른다. "그 게임"은 "전체와 하나가 되는 것 a oneness with everything"(GN 525)이었다:

 갑자기 나는 망각해 버렸던 유년기의 어떤 정신상태로 되돌아가 있었다. 나는 밤에 침대 위에 앉아서 이른바 내가 '그 게임'이라고 부르던 것을 하곤 했다. 처음에 나는 내가 앉아 있는 방을 창조했다. 침대, 의자, 커튼, 모든 것에 이름을 붙이면서, 마침내 그것이 내 마음속에서 하나의 전체를 형성하게 될 때까지. 그리고는 방을 나와 집을 창조하고, 그리고 나서는 집으로부터 나와 천천히 거리를 창조하고, 공중으로 솟구쳐 올라, 런던, 광활하게 뻗어 있는 황무지 같은 런던을 내려다본다. 그 방과 집과 그 거리를 내 마음속에 동시에 담은 채로. 그리고 나서는 잉글랜드, 그리고 대영 제국 내의 잉글랜드의 형태, 그리고 나선 대륙 가까이 자리 잡고 있는 일군의 작은 섬들, 그리고는 천천히, 나는 세계를 창조하곤 했다. 대륙들 하나하나, 대양들 하나하나를(그러나 '그 게임'의 핵심은 침대, 집, 거리의 자그마함을 마음속에 담은 채 그와 동시에 이 광대함을 창조하는 것이었다) 마침내 우주 속으로 나와 내 밑에서 태양을 받으며 회전하고 있는 둥그런 공 모양의 지구를 지켜볼 때까지. 그리고는 내 주위에 별들이 온통 널려 있고, 내 밑에서 조그만 지구가 돌고 있는 그 지점까지 이르렀을 때 나는 동시에 생명력으로 가득 차있는 물방울 하나, 혹은 푸른 잎새 하나를 상상하려 애쓰곤 했다. 때때로 나는 내가 원하던 나의 생명체, 웅덩이 속에 있는 한 마리의 화려한 작은 물고기나 한 송이 꽃, 또는 한 마리 나방에 집중하려 했고, 그 꽃, 그 나방, 그 물고기의 존재를 창조하고

전히 그들의 최고의 관심사이기 때문이다.

그것에 '이름을 붙이려' 노력하곤 했다. 그 주위에 서서히 숲이나, 바다 웅덩이 혹은 내 날개를 기우뚱하게 하는 밤바람이 불어대는 우주를 창조하면서. 그러다가는 갑자기, 그 작은 세계로부터 벗어나 우주 속으로.

I suddenly went back into a state of mind I'd forgotten, something from my childhood. I used at night to sit up in bed and play what I called 'the game.' First I created the room I sat in, object by object, 'naming' everything, bed, chair, curtains, till it was whole in my mind, then move out of the room, creating the house, then out of the house, slowly creating the street, then rise into the air, looking down on London, at the enormous sprawling wastes of London, but holding at the same time the room and the house and the street in my mind, and then England, the shape of England in Britain, then the little group of islands lying against the continent, then slowly, slowly, I would create the world, continent by continent, ocean by ocean (but the point of 'the game' was to create this vastness while holding the bedroom, the house, the street in their littleness in my mind at the same time), until the point was reached where I moved out into space, and watched the world, a sunlit ball in the sky, turning and rolling beneath me. Then, having reached that point, with the stars around me, and the little earth turning underneath me, I'd try to imagine at the same time, a drop of water, swarming with life, or a green leaf. Sometimes I could reach what I wanted, a simultaneous knowledge of vastness and of smallness. Or I would concentrate on a single creature, a small coloured fish in a pool, or a single flower, or a moth, and try to create, to 'name' the being of the flower, the moth, the fish, slowly creating around it the forest, or the sea-pool, or the space of blowing night air that tilted my wings. And then, out suddenly, from the smallness into space.(GN 512-13)

그런데 어릴 적과는 달리 "자그마함을 마음속에 담은 채 그와 동시에 이 광대함을 창조하는 것"이 쉽지 않았다. 때로는 끝내 실패하고 때로는 성공하면서 이 애나식 명상을 통해 그녀는 광증을 견제하며 "초연함"을 길러나간다. 이 "초연함"이 애나로 하여금 자기몰입에서 조금씩 벗어나게 함으로써 애나는 새로운 인식에 이를 수 있게 된다.

먼저 애나는 꿈을 통해 자신의 파괴성을 발견한다. 애나는 자아의 분열을 느끼던 때부터 파괴에 대한 꿈을 꿔왔다. 파괴의 원리는 처음에는 꽃병의 모습을, 나중에는 양성의 늙은 난쟁이 모습을 하고 나타났다. 이러한 꿈은 반복되어 나타났으나 애나는 그 의미를 깨닫지 못한 채 두려워하기만 했다. 그런데 이 광적인 시기에 애나는 이 파괴의 원리에 대해서 구체적으로 꿈을 꾸기 시작한다. 먼저 애나는 그 늙은 난쟁이가 자기자신이 되는 꿈을 꾼다. 자신이 노파이며 노인이고 악의에 가득 찼으며 파괴적이었다(GN 526). 그리고 얼마 후에 꾼 꿈에서는 사울이 그 파괴원리를 구현하고 있었다. 꿈속에서 그 파괴성은 "나는 네게 상처를 입히는 게 즐거워 I'm going to hurt you. I enjoy it"(GN 541)라고 소리치고 있었다.

이 두 꿈을 꾼 후 어느 날 애나는 일주일치 밀린 신문을 한꺼번에 펼쳐놓고 신문에 실린 폭력 기사를 읽다가 자신과 사울이 서로에게 보여주던 잔인성과 악의가 바로 폭력의 원리에 속한다는 것을 깨닫게 된다:

내 주위에 온통 널려 있는 신문에서 읽었던 것이 현실이 되었다. 추상적이고 지적인 공포가 아니었다. 내 두뇌의 균형상태에, 내가 생각하던 방식에 일종의 변화가 있었다. 견고하게 굳어져 가는 어둠의 세력을 향해 가는 세계의 진정한 움직임에 대해서 인식을 새로이 해야 한다는 압력을 느끼면서 민주주의, 자유, 해방과 같은 단어들이 희미해져 갔던 며칠 전과 똑같은 성격을 지닌 사고의 재정비. 나는 알았다. 하지만 이러한 인식을 말로 전달할 수는 물론 없다. 이미 존재하는 것은 무엇이든 간에 그 나름의 내적 논리성과 그 나름의 힘이 있다는 깨달음, 세계의 거대한 무기창고들에도 그들 나름의 내부 세력이 있으며 나의 공포, 그 악몽의 생생한 공포는 그 힘의 일부일 뿐이라는 깨달음. 나는 일종의 비전처럼, 새로운 성격의 인식 속에서 이것을 느꼈고, 잔인성과 악의, 그리고 애나와 사울의 그 나, 나, 나, 나[25]가 전쟁 논리의 일부라는 것을 알았고, 그리고 이러한 감정들이 아주 강력하며, 또한 내가 결코 벗어날 수 없는 내 세계관의 일부가 될 것인지를 알았다.

What I was reading in the newspaper strewn all round me became real, not an abstract intellectual fear. There was a kind of shifting of the balances of my brain, of the way I had been thinking, the same kind of realignment as when, a few days before, words like democracy, liberty, freedom, had faded under pressure of a new sort of understanding of the real movement of the world towards dark, hardening power. I knew, but of course the word, written, cannot convey the quality of this knowing, that whatever already is has its logic and its force, that the great armouries of the world have their inner force, and that my terror, the real nerve-terror of the nightmare, was part of the force. I felt this, like a vision, in a new kind of knowing. And I knew that the cruelty and the spite and the I, I, I, I of Saul and of Anna were part of the logic of war; and I knew how strong these emotions were, in a way that would never leave

---

25) 사울은 광중에 휩싸여 애나에서 악의에 찬 말을 내뱉을 때 "나, 나, 나, 나는 ……"이라는 표현을 자주 사용한다.

me, would become part of how I saw the world.(GN 550-51)

마침내 자신의 악한 면을 인식하게 된 애나는 또 한번 파괴원리에 대한 꿈을 꾸게 되는데 파괴의 원리로서 자신과 사울이 나란히 등장한다:

나는 잠이 들었고 그러자 그 꿈을 꾸었다. 이번에는 아무런 위장도 없었다. 나는 그 악의에 찬 남성이자 여성인 난쟁이 형상, 파괴 속의 기쁨의 원리였고 사울은 나의 상대역인 남성이자 여성, 나의 형제이자 누이였다. 우리는 탁 트인 어떤 공간 속, 거대한 흰 건물 아래서 춤을 추고 있었는데 그 건물은 파괴를 내포하고 있는 은밀하고, 위협적이고 음흉한 기제들로 가득 차 있었다. 그럼에도 그 꿈속에서 그와 나, 혹은 그녀와 나는 다정했고, 적대적이지 않았다. 우리는 그 원한에 찬 악의 속에 함께 있었다.

I slept and I dreamed the dream. This time there was no disguise anywhere. I was the malicious male-female dwarf figure, the principle of joy-in-destruction; and Saul was my counterpart, male-female, my brother and my sister, and we were dancing in some open place, under enormous white buildings, which were filled with hideous, menacing, black machinery which held destruction. But in the dream, he and I, or she and I, were friendly, we were not hostile, we were together in spiteful malice.(GN 556)

그런데 자신의 깨달음을 재차 확인하는 것 같은 이 꿈은 더 이상 악몽이 아니며 오히려 애나를 평화와 기쁨에 젖게 한다(GN 556). 애나의 이러한 기분은 인간의 파괴성을 직면하고 이를 인정한데서 온 것이다. 다시 말해서 자신을 괴롭히던 삶의 혼돈이 인간의 악에서 온 것임을 깨닫고 난 후에 혼돈을 삶의 현실로 인정함으로써 현실에 대한 거부와 저항이 주는 초조와 긴장에서 놓여난 것이다.

그런데 애나의 꿈꾸기는 여기서 끝나지 않는다. 자아의 재구축을 시작하기 전의 과도기로서 광적인 시기는 자아의 재형성을 위한 준비기간이라 할 수 있다. 새로운 자아형성을 위한 준비로서 자기몰입에서 벗어나는 것이 꿈의 형태로 나타나고 있는 것이다.

자신과 사울이 파괴원리로 나타나는 꿈을 꾼 후 애나가 꾼 꿈은 죽음에 대한 것이었다. 꿈속에서 애나는 침대에 누워있는 자신의 육체를 바라보고 있었다. 마조피 시절의 친구들이 하나씩 그녀를 찾아왔다. 마침내 죽은 폴이 나타나 애나의 몸속으로 들어가자 애나는 공포의 비명을 지르며 자신의 몸속으로 다시 들어가기 위해 몸부림친다. 애나는 자신의 몸을 다시 찾고 이제 애나는 마조피 시절의 어느 한가로운 밤, 나무아래에 동지들과 앉아 있다. 우리는 광증을 보고 정신이 나간 것이라고 한다. 애나의 꿈은 애나의 정신이 나간 상태, 즉 광적인 상태를 재현하고 있었다. 애나의 정신은 그녀의 몸 밖에 있었다. 애나의 정신은 영원히 돌아오지 못할 수도 있다. 그것이 바로 정신적 죽음이요 애나의 파멸인데, "그것은 평범한 꿈이었다. 나는 내가 그 꿈을 꾸었기 때문에 파멸로부터 구제되었다는 것을 알았다 It was an ordinary dream, and I knew that I had been delivered from disintegration because I could dream it"(GN 561)라는 애나의 말처럼 이 꿈은 그녀가 광증으로 인한 파멸에서 구제되었음을 의미한다. 그리고 애나의 정상적인 모습으로 끝나고 있는 이 꿈은 그녀가 결국에는 정상을 회복할 것을 암시해준다.

그리고 계속해서 애나는 다른 사람이 되는 꿈을 꾼다. 먼저 그녀는 알제리 병사가 됐다가 하늘을 날아 멀리 중국에 가서 농부의 아내 몸속으로 들어간다. 애나는 또 다시 파멸의 위기를 느끼고 공포

에 사로잡혀 여인의 몸 밖으로 나온다. 그런데 그녀는 전혀 다른 사람이 된 기분으로 꿈에서 깨어난다:

> 깨어났을 때 다른 사람이 되었던 경험으로 인해 나는 변화되어 있었다. 난 애나에게 관심이 없었고, 그녀가 되는 걸 좋아하지 않았다. 더러워진 옷을 다시 껴입는 사람 마냥 나는 지긋지긋한 의무감을 느끼며 애나로 되돌아왔던 것이다.
>
> I woke a person who had been changed by the experience of being other people. I did not care about Anna, I did not like being her. It was with a weary sense of duty I became Anna, like putting on a soiled dress.(GN 563)

애나가 다른 사람이 됐다는 것은 그녀의 자아의 경계를 넘나들었다는 것이다. 자아의 경계가 무너진 경험을 한 애나에게 정상적인 상태에서 지니게 되는 자아의 개념, 즉 나와 너의 뚜렷한 구별은 무의미해지므로 애나라는 "나"가 때묻은 옷처럼 느껴진 것이다(Spiegel 79). 꿈속에서 느낀 파멸에 대한 공포는 정상적인 상태에서 갖게 되는 자아경계가 무너지는 것에 대한 무의식적인 공포로서, 애나는 자신의 공포를 직시함으로써 그 공포에서 벗어나고 공동체적 자아를 확립할 기초를 마련하게 된 것이다.

그 다음에 꾸는 꿈에서 애나는 이 세상의 수많은 다른 삶을 경험한다:

> 나는 다양한 역할들을 연기하고 있는 사울에 상대해서 잇따라 다른 역할들을 연기하고 있었다. 그것은 마치 대사들이 계속적으로 바뀌고 있는 연극 속에 있는 것 같았다. 마치 극작가가 동일한 연극을 되풀이하면서도 매번 약간씩 다르게 쓰기라도 한 것처럼, 우

리는 서로를 상대로 상상할 수 있는 남녀간의 모든 역할을 해보았
다. 그 꿈의 사이클이 한 번 끝날 때마다 매번 나는 이렇게 말했
다. "자, 나는 그것을 경험했어. 그렇지 그래, 그건 내가 그랬을 때
였어." 마치 백여 가지의 인생을 살아 보는 것 같았다. 내가 얼마
나 많은 여성 역할들을 삶에서 해보지 않았고, 하기를 거부하거나
혹은 그것을 할 기회를 제공받지 못했던가 놀라웠다. 잠 속에서조
차, 나는 내가 삶에서 그것들을 거부했기에 그것들을 해보도록 선
고받았음을 알았다.

　I was playing roles, one after another, against Saul, who was
playing roles. It was like being in a play, whose words kept
changing, as if a playwright had written the same play again
and again, but slightly different each time. We played against
each other every man-woman role imaginable. As each cycle of
the dream came to an end, I said: 'Well, I've experienced that,
have I, well it was time that I did.' It was like living a hundred
lives. I was astonished at how many of the female roles I have
not played in life, have refused to play, or were not offered to
me. Even in my sleep I knew I was being condemned to play
them now because I had refused them in life.(GN 564)

　이는 자아라는 우물 안에서만 살던 애나의 세상구경이며 새로운
인식이다. 자기중심 사고에서 벗어나 이 세상에 있는 수많은 '자아'를
경험하게 된 것이다. 수많은 '자아'는 삶의 의미의 다양성, 곧 진리의
다양성을 의미한다.

　새로운 인식에 다다른 애나는 마침내 자신이 창작장애에 걸려 있
음을 처음으로 인정한다. 삶의 혼돈에 대한 두려움에서 무의식중에
이를 인정하지 않으려 했기 때문에 내적 갈등이 심화되고 이러한 갈
등은 그녀의 창의성을 고갈시켰었다.[26] 그런데 이제 삶의 혼돈을 인

정한 지금 애나는 자신이 글을 쓸 수 없었던 이유를 파악한 것이다.

창작장애에 대한 인정은 일종의 신호이다. 창작장애의 인정은 창의성의 물이 다시 고일 수 있는 계기를 마련한다. 창의성이란 곧 삶의 에너지이므로 그 동안 무기력했던 애나가 이제는 자아를 재구축할 준비가 됐다는 것을 알려주는 신호인 것이다.

지금까지 살펴본 바에 의하면 인간 내면의 혼돈의 표출로서 광증은 인식의 변화를 초래하는데 레싱은 『황금빛 노트』의 서문에서 광증이 "계시와 치유"(Vlastos 127)의 과정임을 밝히고 있다:

> 때때로 사람들이 "무너질" 때, "정신적 붕괴"는 자가 치료의 방법, 즉 그릇된 이분법과 분열을 없애는 내적 자아의 방법이라는 주제는 물론 나뿐만 아니라 다른 사람들도 다루어 왔다.
>
> This theme of "breakdown", that sometimes when people "crack up" it is a way of self-healing, of the inner self's dismissing false dichotomies and divisions, has of course been written about by other people, as well as by me ⋯⋯(GN XIV)

이러한 계시와 치유의 과정으로서 광증은 레싱의 중요한 주제중의 하나이다. 『황금빛 노트』에서 이 주제를 처음으로 선보인 레싱은 『사대문 안의 도시』와 『지옥으로의 하강을 위한 브리핑』에서 이를 본격적으로 다룬다. 정신적 위기가 이처럼 긍정적으로 작용할 수 있는 까닭은 광증이 "자아의 가장 두렵고 혐오스러운 면을 대면하고 치유적인 통합을 달성할 기회 an opportunity to confront the most feared and hated aspects of the self, and to achieve a healing

---

26) 애나가 검은색 노트의 마지막 장에 기록했던 "총체적 불모성 total sterility"(GN 492)에 대한 꿈은 애나의 창의성 고갈을 암시했지만 그 때는 전혀 알지 못했다.

unity"(Whittaker 12)이기 때문이다. 인간성에 내재한 악을 인식하는 일이 붕괴된 자아를 통합으로 이끈다는 것은 융의 이론이 설명해준다. 융에 의하면 개인은 인간성의 모든 요소를 인정하고 포용하는 것이 '통합성'을 향하는 길이다. 다시 말해서, 개인의 의식과 무의식을 이루고 있는 모든 요소들을 인식해야 하는데, 개인의 무의식에는 평상시 억제되었던 성향, 즉 주로 부정적이고 추한 인간성이 들어 있다(Whittaker 10).

랭 또한 광증을 긍정적으로 평가하고 있다. 정신과의사인 랭은 광증은 분열되고 불안정한 사회에 대한 정상적인 반응이라고 주장한다.27) 랭에 의하면 정신분열자는 자신의 '진정한'(true) 자아와 그가 세상에 적응하기 위해 지어낸 '거짓'(false) 자아 사이에서 갈등하는 사람이다(Vlastos 128). 그런데 이러한 분열이 치유되는 과정에서 개인은 광증을 겪게 되는 것이다.

요컨데 애나의 광증은 문학의 전통 속에서 보면 구원으로 가는 과정에 겪게 되는 정신적 타락 또는 지옥으로의 하강이다. 그녀는 광증을 통해서 자신의 어두운 본성을 경험함으로써 교만 즉 자기중심적 사고라는 옛 자아의 오류를 깨달을 수 있었다. 따라서 여기에서 광증은 개인이 성숙하기위한 통과의례로 나타나고 있다.

---

27) 레싱 또한 정신과의사 입을 통해 사울의 광증이 "모두 우리가 살고 있는 시대 탓 it's all due to the times we live in"(GN 537)이라고 말한다.

Ⅳ. 상호의존적 자아

1. 새로운 자아의 구축

창작장애를 인정한 이후 서점에서 우연히 황금색 표지를 지닌 노트를 발견하고 그 아름다움에 이끌려 황금빛 노트를 사게 된 애나는 네 권의 노트를 한쪽으로 치우고 이 새로운 황금빛 노트에 일기를 쓰기 시작한다. 이 황금빛 노트에 애나는 자아를 새로이 구축하는 과정을 기록한다. 애나의 자아구축은 새벽이 어둠을 배경으로 다가오듯이 아직 완전히 사라지지 않은 광증을 마주 대하며 시작한다.

키간에 따르면 새로운 자아의 구축은 과거에 대한 재수용(re-appropriation)에서 출발한다. 즉, 그의 말을 인용하면 "모든 재조정의 징표는 전이과정 중에는 거부되었던 과거가 궁극적으로 거절당하는 것이 아니라 재수용되는 것이다 The hallmark of every rebalancing is that the past, which may during transition be repudiated, is not finally rejected but reappropriated"(104). 그런데 광증에서 완전히 빠져나오지 못한 애나를 구제하여 그녀로 하여금 자신의 과거를 되돌아보게 한 것은 그녀의 "사심 없는 인격 the disinterested personality"(GN 576)이다. 그런데 "사심 없는 인격"이란 바로 그 동안 애나가 길러온 "초연함"이다. 다시 말해서 이는 애나가 자기몰입에서 벗어났기 때문에 자신의 과거를 되돌아볼 수 있었고, 애나가 과거를 되돌아보는 것은 바로 그녀의 과거를 재수용하기 위한 것이다.

이 "초연함"은 애나의 꿈속에서 하나의 인격으로 나타나 자신을 파멸에 맡기려는 그녀에게 계속해서 싸우라고 훈계한다:

사심 없는 사람이 말했다. "넌 언제나 너 자신을 강한 사람으로 생각했었지. 하지만 그 남자[사울]가 너보다는 수천 배는 더 용감해 - 그는 여러 해 동안 그것과 싸워야 했지. 그러나 그것을 겪은 지 단 몇 주 만에 너는 기꺼이 굴복하려 하고 있어." 잠을 자고 있는 애나는 이미 수면 바로 아래에 있었다. 물위에서 떠밀리고 흔들리며 그녀 아래 있는 그 암흑의 심연 속으로 내려가길 원하면서. 훈계하는 그 사람이 말했다. "싸워, 싸워, 싸우라구!" 나는 물아래서 흔들리며 누워 있었고 그러자 그 목소리가 조용해졌다. 그때 나는 내 밑의 심연이 괴물들과 악어들과 내가 상상조차 할 수 없는 것들로 가득 차 위험하게 되어버렸다는 것을 알았다. 그것들은 너무나 늙고 너무나 포악했다. 그럼에도 바로 그 위험이 나를 아래로 끌어당기고 있었다. 나는 그 위험을 원하고 있다. 그때 귀를 멍멍하게 하는 물살을 헤치고 이렇게 말하는 목소리가 들려왔다. "싸워, 싸우라고." 나는 그 물이 전혀 깊지 않으며 단지 우리 바닥에 얇게 깔린 쉰내를 풍기는 더러운 물이라는 걸 알았다. 우리 꼭대기엔 호랑이가 사지를 뻗고 있었다. 그 목소리가 말했다. "애나, 넌 나는 법을 알고 있어. 날아올라."

The disinterested person said: 'You've always thought of yourself as a strong person. Yet that man is a thousand times more courageous than you are - he has had to fight this for years, but after a few weeks of it, you are ready to give in altogether.' But the sleeping Anna was already just under the surface of the water, rocking on it, wanting to go down into the black depths under her. The admonishing person said: 'Fight. Fight. Fight.' I lay rocking under the water, and voice was silent, and then I knew the depths of water under me had become dangerous, full of monsters and crocodiles and things I could scarcely imagine, they were so old and so tyrannous. Yet their danger was what pulled me down, I wanted the danger. Then, through the deafening water, I heard the voice say: 'Fight. Fight.' I saw that the water was not deep at all, but only a thin sour layer of water at the bottom of a filthy cage. Above me, over the top of the cage, sprawled the tiger. The voice said: 'Anna, you know how to fly. Fly.'(GN 574-75)

이와 같이 "사심 없는 인격"은 애나에게 광증이라는 우리에서 빠져 나올 것을 재촉하고 그녀가 빠져 있는 광증이 그렇게 깊지 않은 것 을 알아차리게 해준다.

애나는 계속해서 우리에서 고통스럽게 빠져 나오는 꿈을 꾼다:

그래서 나는 술에 취한 여자처럼 얕은 시궁창 물에 무릎을 꿇고 천천히 기기 시작했고, 그리고는 일어나서 썩은 냄새나는 대기를 발로 밟으면서 날아오르려고 애썼다. 그것이 너무 힘들어서 나는 거의 기절할 뻔 했다. 공기가 나를 지탱해주기에는 너무 얕았다. 그러나 나는 전에 내가 어떻게 날았었던가를 기억했고 그래서 엄 청난 노력을 들여 발을 내리치며 날아올라 우리 꼭대기의 창살을 움켜쥐었다. 그 위에는 호랑이가 사지를 뻗고 누워있었고 그가 뿜 어내는 악취에 질식할 것 같았다. 그러나 나는 철창들 사이로 몸을 끌어올려 호랑이 옆에 섰다. 그는 초록빛이 도는 눈을 나를 향해 끔뻑거리며 잠자코 누워있었다. 내 위에는 아직도 건물의 지붕이 있었다. 발로 공기를 밀어내리며 지붕을 통과해서 가까스로 날아올 라가자 그 지붕은 사라졌다.

So I slowly crawled, like a drunk woman, to my knee in the filthy thin water, then stood up and tried to fly, treading down the stale air with my feet. It was so difficult that I almost fainted, the air was thin, it wouldn't hold me. But I remembered how I had flown before, and so with a very great effort, fighting with every down-pushing step, I rose and clutched the top bars of the cage, over which the tiger lay sprawled. The smell of fetid breath suffocated me. But I pulled myself up through the bars and stood by the tiger. It lay still, blinking greenish eyes at me. Above me was still the roof of the building and I had to push down the air with my feet and tread up through it. Again I fought and struggled, and slowly I rose up and the roof vanished.(GN 575)

애나가 우리를 벗어난 것은 그녀가 광증에서 벗어났다는 것을 의미한다. 위의 인용문은 그녀가 광증을 극복하는 과정이 얼마나 힘든 것인지를 형상화하고 있다. 그녀가 날아올라 벗어난 지붕은 그녀의 옛 자아를 말하고 있다. 그녀가 날 수 있었다는 것은 그녀를 얽어매고 있었던 옛 자아의 상실에서 오는 절망과 고통에서 완전히 자유로워진 것을 상징적으로 표현하고 있다고 하겠다. 이제야말로 객관적으로 자신의 옛 자아를 바라볼 준비가 된 것이다. 그러므로 이러한 꿈을 꾸고 바로 이어서 애나가 자신의 과거를 되돌아보는 꿈을 꾸는 것은 당연한 일이라 하겠다.

더럽고 냄새나는 우리를 빠져 나온 후 애나는 아직도 우리 꼭대기에 앉아있는 호랑이를 잡으러 오는 사람들의 소리를 듣고 호랑이에게 도망치라고 외친다. 공포로 제정신을 잃은 호랑이는 발톱으로 애나의 팔을 할퀴고 지나간다. 호랑이는 끝내 잡혀서 우리에 갇히고 말 것이라는 생각에 눈물을 흘리던 애나는 팔의 상처가 말끔히 나은 것을 발견한다. 호랑이에 대한 진정한 염려가 애나의 상처 - 사울로부터 받은 여성으로서의 상처 - 를 낫게 한 것이다. 그런데 이때 갑자기 그녀는 그 호랑이가 바로 사울이라는 것을 깨닫고 그가 잡히지 않고 세상을 마음대로 뛰어다니기를 바란다.[28] 그리고 애나는 자신과 사울과 호랑이에 관한 희곡을 써야겠다고 생각한다. 줄거리를 구상하는 애나는 금지된 장난을 하는 아이처럼 두려움에 떤다. 희곡을 쓰는 것은 자신과 사울과 호랑이에 대해 고통이라는 패턴을 만들어놓고 더 이상 생각하는 것을 피하는 것임을 알고 있기 때문이다.

꿈속의 "사심 없는 인격"이 삶을 직시하는 것을 피하기 위해 삶에 대해서 이야기만 만들지 말고 과거를 되돌아보아야 한다고 애나를 깨우쳐주는 것이 바로 이 때이다. 이러한 되돌아보기는 마치 "양치기가 양의 수를 세는 것, 혹은 연극 리허설, 검토하는 것, 확인하려고 만져보는 것 This looking back had a remarkable quality about it, like a shepherd counting sheep, or the rehearsal for a play, a quality of checking up, touching for reassurance"(GN 576)같은 성격을 지니고 있었다. 키간의 설명대로 과거를 되돌아보는 것은 과거를 다시 새롭게 수용하기 위한 것이기 때문이다. 애나 또한 자신의 되돌아보기를 과거에 대한 재해석으로 규정짓는다:

그러나 잠든 상태에서 그것은 이름짓기를 통해 과거의 사건들을 무해하게 만드는 것이 아니라, 그것들이 여전히 거기 있음을 확인하는 것이었다. 나는 그것이 여전히 거기 있음을 확인한 후에 그것들을 다른 방식으로 "이름 붙여야" 한다는 것을 알았고, 그 통제하는 인격이 나를 억지로 과거로 다시 몰아넣고 있는 건 바로 그 때

---

[28] 이 대목은 사울이 결국 애나 곁을 떠날 것이라는 것을 암시한다.

문임을 알았다.

> But now, asleep, it was not making past events harmless, by naming them, but making sure they were still there. Yet I know that having made sure they were still there, I would have to 'name' them in a different way, and that was why the controlling personality was forcing me back.(GN 576)

꿈속에서 애나의 과거는 보이지 않는 기사가 돌리고 있는 필름처럼 나타난다. 애나는 맨 처음 아프리카 시절을 방문한다. 이제 아프리카 장면에서 "그 끔찍한 동경의 허위성 the terrible falsity of nostalgia"(GN 576)은 더 이상 존재하지 않았다. 애나가 삶에 대한 절망에서 벗어나 죽음에의 동경을 극복했기 때문이다. 이 장면에서 애나는 그녀의 동료들과 마조피 호텔이 수소폭탄에 의해 폭발되는 것을 목격한다. 애나는 죽음의 모습이 믿을 수 없을 정도로 아름답다고 생각한다(GN 577). 자아의 죽음을 겪고 새로운 자아가 탄생하려는 찰나에 애나는 막스 부인이 주장했던 "파괴의 창조적인 면 the creative aspects of destruction"(GN 510)을 감지했기 때문이다. 즉, "파괴는 다시 짓거나 창조하는 어떤 과정에서든 필요한 첫 번째 단계 destruction is a necessary first stage in any reconstructive, creative process"(Toy 207)라는 사실을 은연중에 느끼고 있었기 때문이다.

장면이 바뀌어 애나는 자신이 노란색 노트에 썼던 소설 『제 삼의 그림자』의 남자 주인공 폴과 폴의 모델인 실제 인물 마이클이 기묘하게도 서로 한 사람으로 합쳐지는 것을 보게 된다. 이는 그 동안 애나가 분리하여 생각해 왔던 문학과 삶 또는 허구와 실제가 하나가 되는 것을 상징하고 있다. 문학과 삶이 서로 영향을 끼치면서 하나의 전체가 되는 것이다. 이는 사실 노란색 노트를 통해서 이미 나타났었다. 『제 삼의 그림자』의 특징은 어떤 사건을 처음부터 끝까지 다룬 소설이 아니라 폴과 엘라가 헤어진 후부터는 애나의 하루하루가 소설화되었기 때문에 소설과 작가인 애나가 서로 상호작용 하면서 함께 성장해 나간 점이다. 소설을 쓰면서 애나는 자신과 마이클의 관계에 대해 통찰력을 얻게 되고 그 통찰력이 애나의 삶에 영향을 주고 그 변화된 애나가 계속해서 소설을 써 내려갔던 것이다.

예를 들어보면 『제 삼의 그림자』의 주인공 엘라가 앞으로 쓸 소설을 구상할 때 나타난다. 먼저, 애나는 엘라를 통해 그녀와 마이클의 이야기를 소재로 또 하나의 소설을 구상한다. 소설의 소재는 마이클의 질투이다. 그의 질투 때문에 애나는 다른 남성을 쳐다보지도 않고, 일체의 사교생활을 중단했으며, 자신의 일 또한 등한시했었다. 그런데 마이클은 떠났다. 그 다음부터 애나는 자신의 상상력을 동원하여 이야기를 지어본다. 여자는 남자가 떠나고 난 후 질투로 인해 남자가 여자에게 무고하게 비난했던 그대로 되어버린다. 떠나간 남자에게 복수하는 심정으로 남성들과 무절제하게 사귀며, 파티를 위해 사는 여자처럼 행동하며 자신의 일을 위해선 자신의 애인들과 친구들을 무자비하게 희생시킨다. 얼마 후 여자는 떠나간 남자를 다시 만나고 남자는 그녀를 다시 사랑하게 된다. 그녀의 현재 모습이 그가 원하던 것이었다. 그가 그녀를 떠난 것은 그녀가 조용하고 정숙하며, 순종적이기 때문이었다. 그러나 이번에는 여자가 남자를 버린다. 남자가 진짜 그녀를 사랑하지 않고 가짜인 그녀를 사랑하고 있기 때문이다. 남자를 보내고 여자는 본래대로 되돌아온다. 애나는 엘라로 하여금 이 글을 쓰지 않도록 한다. 이 글을 쓰면 그녀의 삶이 이 글의 후반부대로 될 수도 있다는 암시를 받았기 때문이다.

애나는 또 다른 소설을 구상한다. 이번에 구상한 소설은 애나와 사울의 이야기라는 것을 알 수 있다. 이것을 구상한 시기는 애나가 사울을 만나기 전이며 노트들이 혼란상태가 되기 바로 전인데 애나의 상상력은 앞날을 예견하고 있었다. 상상력이 삶의 경험을 바탕으로 활성화될 때 지금까지의 경험을 통해 앞으로 자신이 어떻게 변해 갈 것인가를 예견했다는 것은 불가능한 일이 아니다. 이와 같이 삶은 개인의 상상력을 부추기고 거꾸로 상상력은 개인의 삶에 영향을 끼침으로써 서로 뗄 수 없는 관계를 형성하는 것이다.

궁극적으로 삶과 문학이 각각 대변하는 무질서와 질서에 대한 이분법적 사고에서 벗어났음을 의미하는 하나가 된 새 인물은 한 단계 성숙한 인물답게 "조각상이 지닌 영웅적 품위 the heroic quality of a statue"(GN 577)와 강인함을 보이며 애나에게 "바위 밀어 올리기"의 철학을 들려준다:

"하지만 애나, 우린 우리 스스로가 생각하듯 그런 실패자들은 아니야. 우리는 우리보다 약간 더 어리석은 사람들로 하여금 위대한 사람들이 항상 알아왔던 진리들을 받아들이게 하기 위해 싸우면서 우리의 인생을 보내지. 그들은 언제나 알고 있었어. 수만 년 동안 알아왔지. 한 인간을 독방에 가두어 두면 광인이나 짐승으로 만들 수 있다는 것을. 그들은 경찰이나 지주를 무서워하는 가난한 사람들이야말로 노예라는 것을 언제나 알고 있었지. 그들은 겁에 질린 사람들이 잔인하다는 걸 언제나 알고 있었어. 그들은 폭력이 폭력을 낳는다는 걸 언제나 알고 있었다구. 우리도 그것을 알고 있어. 그러나 세상의 대다수 대중들이 그것을 아는가? 아니야. 그들에게 말하는 것이 우리 일이지. 왜냐면 위대한 인간들은 신경 쓸 틈이 없으니까. 그들의 상상력은 이미 어떻게 하면 금성을 식민지화할 것인가 몰두해 있거든. 그들은 자신들의 정신 속에서 벌써 자

유롭고 숭고한 인간들로 가득 찬 사회의 비전들을 창조하고 있는
거야. 그러는 동안, 범속한 인간들을 신경을 쓸 수가 없어. 그리고
그들은 옳아. 왜냐면 그들은 바위를 밀어 올리는 사람들, 우리가
여기가 있다는 걸 알고 있으니까. 그들은 엄청나게 높은 산의 낮은
경사면 위로 우리가 계속해서 바위를 밀어 올릴 것이라는 걸 알고
있어. 그들 자신은 벌써 자유롭게 그 산의 꼭대기 위에 서 있는 동
안 말이야. 당신과 나, 우리는 한평생 우리의 모든 에너지와 재능
을 바위를 산 위로 한 인치 더 밀어 올리는 데 사용하게 될 거야.
그들은 우리를 믿고 있고 그건 그들이 옳아. 우리가 결국 쓸모없지
않은 건 바로 그 때문이지."

'But my dear Anna, we are not the failures we think we are.
We spend our lives fighting to get people very slightly less
stupid than we are to accept truths that the great men have
always known. They have always known, they have known for
ten thousand years, that to lock a human being into solitary
confinement can make a madman of him or an animal. They
have always known that a poor man is frightened of the police
and his landlord is a slave. They have always known that
frightened people are cruel. They have always known that
violence breeds violence. And we know it. But do the great
masses of the world know it? No. It is our job to tell them.
Because the great men can't be bothered. Their imaginations are
already occupied with how to colonise Venus; they are already
creating in there minds visions of a society full of free and noble
human beings. Meanwhile, human beings are ten thousands
years behind them, imprisoned in fear. The great men can't be
bothered. And they ar right. Because they know we are here,
the boulder-pushers. They know we will go on pushing the
boulder up the lower slopes of an immensely high mountain,
while they stand on the top of the mountain, already free. All

> our lives, you and I, we will use all our energies, all our talents,
> into pushing that boulder another inch up the mountain. And
> they rely on us and they are right; and that is why we are not
> useless after all.'(GN 577-78)

거구의 새 인물은 애나에게 "바위 밀어 올리기"라는 새로운 삶의
철학을 깨우쳐 줌으로써 그녀로 하여금 세상의 변화를 위해 그 동안
기울였던 노력이 결코 쓸모없는 것이 아니라는 것을 깨닫게 해준다.
개인주의적으로 애나 자신만을 놓고 생각한다면 애나의 노력이 물거
품이 될 수 있지만, '우리'라는 전체 속에서 보면 애나는 눈에 보이지
않는 공헌을 한 것이다. 따라서 애나는 이러한 "바위 밀어 올리기"
철학을 통해서 자신의 과거를 긍정하게 된 것이다.

이어서 애나의 과거의 장면들이 단편적이고 기계적으로 나타난다.
그녀의 분류에 의하면 그 장면들을 "마조피 필름; 폴과 엘라에 대한
필름; 마이클과 애나에 대한 필름; 엘라와 줄리아에 대한 필름; 애
나와 몰리에 대한 필름 The Mashopi film; the film about Paul and
Ella; the film about Michael and Anna; the film about Ella and
Julia; the film about Anna and Molly"(GN 579)이다. 허구의 세계
에 속했던 폴과 엘라와 줄리아가 이제는 애나의 삶에 포함되었다는
것을 의미한다. 그 장면들을 보면서 애나는 다시 해석해야 할 과거
가 남아 있다는 것을 상기한다. 그때 꿈속의 기사는 "무엇이 당신으
로 하여금 당신이 했던 강조가 정확한 강조라고 생각하게 합니까?
And what makes you think that the emphasis you have put on it
is the correct emphasis?"(GN 578)라고 질문함으로써 애나의 과거의
시각에 대해 일침을 가한다. "정확한"이라는 말은 공산주의자들의
상투어인 "정확한"에 대한 조소로 쓰인 것이었다. 삶에 있어서 정답

은 없기 때문이다. 그런데 이 단어를 듣는 애나는 심한 구토를 느낀다. 그것은 "가능한 것 너머로 자신의 한계를 확장시키려고 긴장할 때 느끼는 구토 the nausea of being under strain, of trying to expand one's limits beyond what has been possible"(GN 578)로서 꿈속의 기사는 애나에게 현실에 대한 그녀의 거부가 그녀를 분열시켰다는 것을 일깨워 준 것이다.

현실을 직시하기를 거부하고 자신의 시각을 고집하던 과거의 애나가 감독으로 되어 있는 이 필름들은 모든 장면들이 "거짓으로 번쩍거리고 가식적이며 우스꽝스럽다 glossy with untruth, false and stupid"(GN 579). 애나는 꿈속의 기사에게 그 필름들은 자신이 만든 것이 아니라고 외친다. 그러자 필름은 중단되고 꿈속의 기사는 애나가 그녀의 말을 입증하기를 기다린다. 그런데 이때 그녀가 깨달은 것은 자신이 창조했던 것, 즉 노트에 썼던 것들이 모두 거짓이라는 것이다:

> 시간이 흘렀고, 나의 기억은 존재하지 않았고, 나는 내가 지어낸 것과 내가 알았던 것을 구분할 수가 없었고, 그리고 나는 내가 지어낸 것이 모두 허위라는 것을 깨달았다. 그것은 습한 모래 초원 위의 어른거리는 열기 속에 춤추고 있던 흰나비들처럼 일종의 소용돌이, 광란의 춤이었다.
> Time had gone, and my memory did not exist, and I was unable to distinguish between what I had invented and what I had known, and I knew that what I had invented was all false. It was a whirl, an orderless dance, like the dance of the white butterflies in s shimmer of heat over the damp sandy vlei.(GN 579)

그래서 노트들은 결국 제 기능을 상실하고 - 애나의 자아처럼 - 꿈 속의 장면대로 혼돈 속에 빠지고 말았던 것이다.

꿈속의 기사는 애나에게 그것은 "소재를 내가 알고 있는 것에 맞추어서 정리했기 the material had been ordered by me to fit what I knew"(GN 579) 때문이라고 깨우쳐 준다. 그리고는 마조피 호텔주인의 딸인 준 부츠비(June Boothby)의 시각에서 그 시절을 쓸 수 있느냐는 기사의 질문에 애나는 준에 대해 쓰기 시작한다. 그런데 지금 쓰고 있는 문체가 여성지에서 쓰는 가장 진부한 문체라는 것을 알고 절망에 빠지는데, 애나를 더욱 놀라게 한 것은 이 진부한 문체가 바로 자신의 문체를 여기에서 한 단어 저기에서 한 단어만 변형하면 되는 것이라는 사실이다. 이는 애나에게 어떤 사건에 대한 절대적인 해석은 있을 수 없다는 것을 알려주기 위한 것이다. 준의 시각으로 쓸 때 문체가 달라지는 것은 시각의 차이를 의미하며 문체가 근본적으로는 별 차이가 없다는 것은 삶에 대한 시각에 있어서 더 권위 있는 것은 없다는 것을 시사한다. 나아가서 개인의 삶의 시각이 바로 그의 자아일 때, 더 권위 있는 자아, 다시 말해서 어떤 절대적인 자아란 있을 수 없다는 것을 의미한다. 애나의 자아가 절대적이었다면 준의 시각에서 글을 쓸 수 있어야 했는데 그렇지 못했다. 이러한 꿈은 애나가 자기중심적 사고에서 벗어나 진리의 다양성을 인식하는 것을 보여준 것이다.

긴 꿈에서 깨어난 애나가 사울을 본 순간 꿈속의 기사가 사울이었다는 것을 깨닫고 사울에게 "당신이 나의 내부의 양심 아니면 비판가가 되었다 you've become a sort of inner conscience or critic"(GN 580)라고 말한다. 그 동안 사울은 광적인 순간뿐만 아니라 이성적인 순간에도 애나의 동반자였다. 사울과 애나는 이성적인 순간에 그들

의 머리 속에 꽉 채워진 생각들을 폭포처럼 쏟아내며 자신들의 생각
을 정리했다. 애나는 사울이 자신의 생각을 명료하게 해준다는 것을
알고 있었다:

> 내가 이 모든 것을 그렇게 명확하게 생각했다는 것을 처음으로
> 깨달았다. 그가 여기에 나와 함께 있는 것이 내가 명확하게 생각할
> 수 있도록 해준다. 우리의 경험의 상당부분이 비슷하고, 그러나 우
> 리는 서로 다른 사람들이기 때문이다.
> I realised it was the first time I had thought all this so
> clearly, having him here makes me think clearly, because so
> much of our experience is similar, and yet we're so different as
> people.(GN 528)

애나의 말처럼 사울은 그녀의 닮은꼴이었기 때문에 애나는 사울을
바라보면서 보다 분명하게 자신을 객관화할 수 있게 되었고, 따라서
자기 자신에 대해서 마치 사울에게 하듯이 비판하고 격려할 수 있게
된 것인데 이러한 정신적 변화과정이 꿈의 형태로 보여지고 있는 것
이다.

이러한 사울은 계속해서 애나의 자아구축을 돕는데 사울과의 대화
는 꿈에서 일상으로 연장된다. 다음 두 사람의 대화는 애나가 인간
을 선도할 수 있다는 믿음을 회복하는 것을 보여준다:

> "만일에 어떤 사람이 자기가 아닌 인격에 의해서 침투 당할 수
> 있다면, 왜 사람들이 - 대중 속의 사람들을 말하는 거예요 - 낯선
> 인격에 의해 침투 당할 수 없겠어요?" …… "글쎄요, 동무. 대중들
> 이 외부로부터의 감정에 전염된다고 말하고 있는 거라면 나로선
> 기뻐할 일이군요. 그 모든 것에도 불구하고 당신[애나]이 사회주의

원칙들에 굳건히 매달리고 있다니 말입니다. …… 그러니 동무, 우리가 해야 하는 것이라곤 오로지, 대중들이 무수히 많은 그 텅 빈 컨테이너들처럼 선하고 유용하고 친절하고 평화로운 순수한 감정들로 채워지게끔 안배하는 거겠죠. 꼭 우리처럼."

I said ⋯ 'If a person can be invaded by a personality who isn't theirs, why can't people – I mean people in the mass – be invaded by alien personalities.' ⋯ Saul said ⋯ 'well comrade, if you're saying that the masses are inmfected with emotions from outside, then I'm delighted, comrade, that you're holding fast to your socialist principles in spite of everything.' ⋯ 'So all we have to do, comrade, is to arrange that the masses are filled, like so many empty containers, with good useful pure kindly peaceful emotions, just the way we are.'(GN 582-83)

즉 사람들을 선도함으로써 세상을 변화시킬 수 있을 것이라는 신념을 되찾은 것이다. 그러나 지금의 신념은 자아붕괴 이전의 이상만으로 지어진 사상누각 같은 신념이 아니라 삶의 혼돈과 인간의 파괴성이라는 현실을 기반으로 하고 있는 성숙한 시각이다.

이윽고 사울과 애나는 그들의 앞날에 대해서 이야기한다. 애나는 사울에게 딸 자네트가 집에 올 것이므로 그녀의 집을 떠나달라고 한다. 사울과 함께 광증에 빠져 있을 때 애나는 자네트를 생각한다면 언제든지 제정신으로 돌아갈 수 있다고 생각했다. 그러나 다시 제정신을 차리기 전에 무엇인가 거쳐야 할 것이 있다고 생각했었고 그 무엇은 사울의 도움을 받아 자신을 들여다보는 일이었다. 그런데 이제 그 일을 마쳤으므로 '자아의 거울'로서 그의 역할은 끝난 것이다. 건강하고 새로운 자아는 계속해서 거울을 들여다 볼 필요가 없기 때문이다. 거울 앞에서의 긴 사색이 끝났으니 이제 거울 앞을 떠나야 한다. "은둔과 깊은 성찰의 단계"를 거쳤으므로 사회로 복귀하기 위해서이다. 다음과 같은 리그니의 분석은 사울과 애나의 결별이 당연한 귀결임을 뒷받침 해준다:

그 안에서는 "미쳤다"고 또는 미칠 가능성이 있다고 생각하게되는 불꽃 속에 상징적으로 떨어졌기 때문에 각 주인공들은 불사조처럼, 통합된 자아, 곧 정체성을 갖추고 제정신으로 올라올 수 있다. 여전히 본질적으로 적대적인 세상을 능률적으로 헤쳐 나갈 수 있도록 하는 것이 이러한 정체성이다.
이러한 자아통합이 일어나기 위해서 자아가 분열된 것을 나타내는 영혼 쌍둥이는 어떤 형태로든 전멸되거나 적어도 미미한 존재로 사라져야 한다. 『제인 에어』에서 미친 버싸(Bertha)는 뛰어내려 죽고 『델러웨이 부인』에서 셉티머스 워렌 스미쓰(Septimus Warren Smith)도 마찬가지이다. 『사대문안의 도시』의 린다(Lynda)는 잠시 사라지고 후에 죽은 것으로 보고된다. 『떠오르기』에서 많은 영혼 쌍둥이 중의 한 명이고 자아통합을 향한 안내자로서 가장 중요했던 어머니는 편리하게도 이미 죽어 있었다.

Having descended, symbolically, into the flames where she consciously recognizes herself as "insane" or potentially insane, each protagonist, phoenixlike, is able to surface as sane, equipped with an integrated self, an identity. It is this sense of identity which then permits her to cope effectively with what continues to be, nevertheless, an essentially hostile world.

In order for such a self-integration to occur, the doppelganger, who has represented the self as split, must in some way be annihilated or at least does Septimus Warren Smith in *Mrs. Dalloway*. Lynda in *The Four-Gated City* disappears for a time and is later reported to have died. The mother in *Surfacing*, who functions as one of many doppelgangers but who is certainly the most important as a guide toward self-integration, is conveniently, already dead.(Rigney 122-23)

다시 말해서 자네트의 귀가는 애나가 정상적인 삶으로 복귀한다는 것을 상징하는데, 이러한 정상적인 삶에 도달하기 위해서 사울이 필요했기 때문에 자네트가 집에 오는 시점이 사울이 애나를 떠날 시점이 되는 것이다.

사울이 떠나기 전 애나는 그녀가 새롭게 깨달은 것들을 사울에게 나누어준다. 한 단계 먼저 성숙한 애나가 사울의 성숙을 도와주는 것이라고 할 수 있다. 애나는 사울에게 그녀와 사울이 겪은 인격적 파탄은 성숙하기 위한 과정이었음을 말한다:

"글쎄요. 소수만이 있을 뿐이죠 - 경탄스럽고 성숙하고 지혜로운 사람들은. 말하자면 침착함을 발산하고 있는 진국인 그런 사람들, 어떻게 해서 그들이 그런 경지에 이르게 됐죠? 그래요. 우린 알고 있어요. 그렇지 않나요? 오, 지혜롭고 평온한 오십대의 세 남녀, 그들의 성숙에의 노정에 흩뿌려져 있는 유혈이 낭자한 슬픈 시체들 하나하나엔 감정적인 범죄의 역사가 새겨져 있죠. 지혜롭고, 성숙하고 등등 그런 것에 거저 도달하진 못하죠. 삼십 년 정도에 걸쳐 광란에 찬 식인종이지 않았다면 말이에요."

'Will, there are a few of them ⋯ marvellous, mature, wise people. Real people, the phrase is, radiating serenity. And how did they get to be that way? Well, we know, don't we? Every bloody one of them's got a history of emotional crime, oh the sad bleeding corpses that litter the road to maturity of the wise, mature, etc., unless you've been a raving cannibal for thirty years or so.'(GN 585)

그러나 사울은 "또다시 그 케케묵은 성숙 이야기군! 하지만 난 그런 것으로 더 이상 들볶이진 않을 거예요 Our old friend maturity again! Well, I'm not going to be bullied by that one"(GN 585)라고 말함으로써 마치 성숙이 세상과 타협하는 것처럼 여기는 것을 보여준다. 그러나 애나는 "하지만 성숙이 전부가 아닐까요, 확실히? Oh, but ripeness is all, surely?"(GN 585)라는 말로 산다는 것은 바로 성숙을 향한다는 것임을 일깨우며 사울 역시 성숙하고 있다고 말한다. 그리고 마침내 애나는 사울에게 그녀가 "바위를 밀어 올리는 자"라는 새로운 자아 정체성을 갖게 되었다는 것을 알려준다:

인간의 어리석음이라는 거대한 검은 산이 있어요. 그곳에는 산 위로 바위를 밀어 올리는 사람들이 있죠. 그런데 그들이 몇 걸음 올라가면 거기에는 전쟁이 있거나 잘못된 혁명이 있어서 바위는 굴러 떨어지게 되는데 맨 바닥까지는 아니고 시작할 때보다는 몇 인치 더 높은 곳에서 다시 시작할 수 있게 되죠. 그래서 그 사람들은 다시 바위를 밀기 시작하죠. 한편 산 정상에서는 몇몇 위대한 사람이 서있는데 때때로 그들은 아래를 쳐다보고 고개를 끄덕이며 말합니다: 좋아, 바위 밀어 올리는 자들이 계속 잘하고 있군. 그 동안 우리는 우주의 본질이나 남을 미워하지도, 두려워하지도, 살인하지도 않는 사람들로 가득 찬 세상이 어떤 모습일지 생각해야겠군.

There's a great black mountain. It's human stupidity. There are a group of people who push a boulder up the mountain. When they've got a few feet up, there's a war, or the wrong sort of revolution, and the boulder rolls down – not to the bottom, it always manages to end a few inches higher than when it started. So the group of people put their shoulders to the boulder and start pushing again. Meanwhile, at the top of the mountain stand a few great men. Sometimes they look down and nod and say: Good, the boulder-pushers are still on duty. But meanwhile we are meditating about the nature of space, or what it will be like when the world is full of people who don't hate and fear and murder.(GN 586-87)

애나의 말을 듣고 사울이 자신은 "바위를 밀어 올리는 자"보다는 산 정상에 있는 위대한 자가 되고 싶다고 하지만 애나는 사울 역시 "바위를 밀어 올리는 자"라는 것을 일깨워준다. 이에 사울은 그 자리에서는 심하게 거부하면서 또 한 차례 광증에 휘말리지만 애나와 헤어진 후 결국에는 사울 역시 애나와 이 자아 정체성을 공유하게 된다.

사울이 떠나기 전 애나는 사울이 필름기사로 등장하는 긴 꿈을 꾼다. 새로운 자아 정체성이 확립된 이후에 꾸는 이 꿈은 "사건이 끝난 후에 하는 말의, 또는 강조하기 위해서 배운 것을 요약하는 성격 the quality of words spoken after the events, or a summing-up, for emphasis' sake, of something learned"(GN 592)을 지니고 있다. 그래서 자신의 과거에 대한 필름을 다시 보기 전에 애나는 필름기사로부터 삶이 혼돈이고 무질서라는 것을 인정해야 하며 그리고 삶이 혼돈이기 때문에 우리는 더욱 질서와 진리를 추구해야 한다는 말을 듣는데, 잠에 들기 전 그녀는 필름기사가 이런 말을 할 것을 이미 알고 있었다. 이번 꿈은 이미 알고 있는 것을 강조하기 위한 것이기 때문이다:

'나는 내가 무슨 말을 들을지 알고 있었다. …… 거기에 가본 사람들, 단어들, 패턴들, 질서가 와해되는 곳에 가본 적이 있는 사람들은, 내가 무슨 말을 하고 있는지 알겠지만 그렇지 않은 사람들은 모를 것이다. 그러나 일단 그곳에 가보고 나면 일종의 끔찍한 아이러니, 끔찍한 어깨 짓이 있고, 그건 그것과 싸우거나, 혹은 그것을 부인하는 문제, 혹은 옳고 그름의 문제가 아니라, 그저 그것이 언제나 거기 있음을 아는 문제인 것이다. 그건 말하자면 오랜 숙적에게 하듯이 일종의 예의를 표시하면서 그것에 경의를 표하는 그런 문제인 것이다. '좋아, 난 네가 거기 있다는 걸 알아. 하지만 우리는 형식들은 유지해야 하지 않을까? 그리고 어쩌면 네가 존재한다는 상황 그 자체가 분명 우리가 그 형식들을 보존하고, 패턴들을 창조하는 이유인지도 모르지 - 그걸 생각해 봤니?'

'I also knew what I was going to be told. ···· The people who have been there, in the place in themselves where words, patterns, order, dissolve, will know what I mean and the others won't. But once having been there, there's a terrible irony, a terrible shrug of the shoulders, and it's not a question of fighting it, or disowning it, or of right or wrong, but simply knowing it is there, always. It's a question of bowing to it, so to speak, with a kind of courtesy, as to an ancient enemy: All right, I know you are there, but we have to preserve the precisely that we preserve the forms, creats the patterns - have you thought of that?'(GN 592)

필름기사의 목소리가 사라지고 난 후 애나는 자신의 과거를 필름으로 다시 보게 된다. 지난번 자신이 감독했던 필름들이 "번쩍거리고 비현실적 glossy and unreal"(GN 592)이었던 반면 이번 필름기사가 주관하는 필름은 "사실적 realistic"(GN 592)이다. 여기에서는 자신의 삶의 패턴에 따라 자신이 강조했던 순간들은 중요하지 않은 것으로 지나쳐 가고 "땅에 씨를 뿌리고 있는 구부러진 농부의 팔이나, 물방울이 서서히 깍아내려도 햇빛에 번쩍거리고 서있는 바위나, 달빛을 받으며 팔에 총을 걸치고 메마른 언덕에 서있는, 영원히 서있는 남자, 또는 어둠 속에 누워서 나는 자살하지 않을 거야 아니야 아니야라고 말하는 여자가 등장하는 장면들 a series of moments where a peasant's hand bent to drop seed into earth, or a rock stood glistening while water slowly wore it down, or a man stood on a dry hillside in the moonlight, stood eternally, his rifle ready on his arm. Or a woman lay awake in darkness, saying No, I won't kill myself, I won't, I won't"(GN 594)과 같은 것들이 정말 중요한 것으로 눈앞에 나타난다. 애나는 왜 그러한 장면들이 중요한 것으로 나타났는지 그 이유를 깨닫는다. 불공평과 잔인함이 삶의 기저를 이루고 있으므로 작은 인내가 이 세상 무엇보다 위대하다는 것을 말하고 있었다:

'여전히 잠든 채로 나는 내가 쓴 지면으로부터 떨어져 나오는 단어들을 읽어 내렸다: 그것은 용기에 관한 것이었지만 내가 이해했던 그런 종류의 용기는 아니었다. 불공평과 잔인성이 삶의 기저에 있으므로 모든 생명의 기저에 있는 것은 고통스러운 조그만 용기다. 내가 영웅적인 것과 아름다운 것, 혹은 지적인 것에만 주의를 기울인 이유는 나는 그 불공평과 잔인성을 인정하고 싶지 않고 그래서 어떤 것보다도 더 큰 그 작은 인내를 인정하고 싶지 않기 때문이었다.'

'Still asleep, I read the words off a page I had written: That was about courage, but not the sort of courage I have ever understood. It's a small painful sort of courage which is at the root of every life, because injustice and cruelty is at the root of life. And the reason why I have only given my attention to the heroic or the beautiful or the intelligent is because I won't accept that injustice and the cruelty, and so won't accept the small endurance that is bigger than anything.'(GN 594)

그런데 이제 꿈속의 필름은 애나의 경험을 초월한 상태, 즉 모든 것이 융합되어 하나가 된다:

> 그 필름은 이제 나의 경험을 넘어섰고, 엘라의 경험을 넘어섰고, 노트북들을 넘어서는 것이었다. 왜냐면 일종의 융합이 있었고 독립된 별개의 장면들, 사람들, 얼굴들, 움직임들, 눈길들을 보는 대신 그것들은 이제 모두 하나였으니까.
>
> … the film was now beyond my experience, beyond Ella's, beyond the notebooks, because there was a fusion; and instead of seeing separate scenes, people, faces, movements, glance, they were all together.(GN 593-94)

이는 애나가 삶의 "관계적이고 상호의존적인 현실 a relational, interpersonal reality"(Toy 211)을 깨달았다는 것을 의미한다. 즉 모든 사건과 모든 사람들은 다 함께 하나의 전체를 이루고 있고 서로 긴밀한 관계에 놓여 있다는 것이다. 레싱은 서문에서 이러한 삶의 진실을 설명하고 있다:

> "노트들"에서 사람들은 토론하고, 이론화하고, 교리화하고, 명칭을 붙이고, 분할했다 - 때때로 그들의 목소리가 아주 일반적이고 시대를 대변하고 있어서 그들은 익명이 되었다. 당신은 옛날 도덕극처럼 그들의 이름을 붙일 수도 있을 것이다. …… 그런데 그들은 또한 서로를 반영하고 있고, 서로의 모습이었으며, 상대방의 생각과 행동을 야기시켰다-그들은 바로 상대방이고 전체를 형성한다.
>
> Throughout the Notebooks people have discussed, theorised, dogmatised, labelled, compartmented - sometimes in voices so general and representative of the time that they are anonymous, you could put names to them like those in the old Morality

> Plays, ··· But they have also reflected each other, been aspects
> of each other, given birth to each other's thoughts and behaviour
> - *are* each other, form wholes.(GN XIII)

이러한 "관계적이고 상호의존적인" 삶의 기본적 진실이 사울과 애나의 관계에서 분명하게 나타난다. 떠나기 전에 사울은 애나에게 애나가 쓸 수 있으면 자신도 쓸 수 있을 것 같다고 하며 애나에게 소설을 쓸 것을 권한다. 그러면서 애나에게 소설의 첫 문장을 선사한다. 그것은 바로 『황금빛 노트』의 첫 문장인 "두 여성이 그들만이 런던 아파트에 있었다 The two women were alone in the London flat"(GN 597)이다. 그러므로 우리는 애나가 소설을 쓰는데 성공했다는 것을 알 수 있다. 애나도 사울에게 소설의 첫 문장을 선사하고 사울도 그의 소설을 완성한다. 그들이 소설을 썼다는 것은 그들의 새로운 자아가 확립되었다는 것을 의미한다. 자아가 분열하고 붕괴하는 동안 그들은 글을 쓸 수 없었다. 금이 간 렌즈를 통해서는 어떤 것도 제대로 볼 수 없는 것과 같은 이치이다. 따라서 자아가 구축되고 새로운 자아 정체성을 갖게 되자 다시 글을 쓸 수 있게 된 것이다. 이러한 맥락에서 볼 때 두 사람이 서로 글을 쓸 수 있도록 격려한다는 것은 그들이 타자에 대한 진정한 관심이 생겼다는 것을 의미한다. 다시 말해서 그들은 그들의 삶이 서로 별개가 아니고 밀접하게 연관되어 있음을 자각했다는 것을 나타낸다.

이러한 두 사람의 긴밀한 관계는 황금빛 노트를 통해서 보다 확실해진다. 애나는 사울이 떠날 때 그에게 황금빛 노트를 주었는데 황금빛 노트는 애나의 일기가 끝나자 사울의 새 소설이 시작된다. 애나가 황금빛 노트를 사울에게 주었다는 것은 애나가 그녀의 자아 정체성을 사울과 공유한 것을 의미하고 두 사람이 황금빛 노트를 썼다는 것은 두 사람이 "바위 밀어 올리는 자"라는 자아 정체성을 함께 만들어 갔다는 것을 의미한다. "두 사람이 쓴 책 속의 황금빛 노트에서 누가 사울이고 누가 애나인지 그리고 그들과 책 속의 다른 사람들과 더 이상 구분할 수 없다 In the inner Golden Notebook, which is written by both of them, you can no longer distinguish between what is Saul and what is Anna, and between them and the other people in the book"(GN ⅩⅣ)라는 레싱의 말은 이러한 사실을 뒷받침해준다.

사울과 애나는 헤어지면서 그들의 상호의존적 성향을 보여주는데 그들은 서로 만나지 못하더라도 서로 항상 의존할 것이라는 사실을 깨닫는다. 애나는 사울을 형제처럼 느끼고:

나는 그가 내 형제이기라도 한 듯 느껴졌다. 마치 형제처럼, 우리가 서로로부터 어떻게 떨어져 방황했었던가, 그리고 우리가 얼마나 멀리 떨어져 있었던가는 중요하지 않았다. 우리는 언제나 한 육체에서 난 혈육일 것이기에, 그리고 서로가 생각하는 것들을 생각할 것이니까.

I felt towards him as if he were my brother, as if, like a brother, it wouldn't matter how we strayed from each other, how far apart we were, we would always be flesh of one flesh, and think each other's thoughts.(GN 599)

사울은 애나를 영원한 한 팀으로 여긴다:

"세상 전역에 우리 같은 소수의 사람들이 있다. 서로의 이름들을 모른다 할지라도 우린 서로 의지하고 있다. 우린 줄곧 서로에게 의존한다. 우리는 하나의 팀이고 우리는 굴복하지 않았던 사람들이고, 계속해서 싸워 나갈 사람들이다. 말하겠지만 애나, 때때로 나는 한 권의 책을 집어 들고 이렇게 말하죠. 그래, 그러니 당신이 그걸 처음으로 썼군. 그렇지? 당신에게 잘된 일이야. 오케이, 그렇다면 나는 그것을 쓸 필요가 없겠군."

There are a few of us around the world, we rely on each other even though we don't know each other's names. But we rely on each other all the time. We're a team, we're the ones who haven't given in, who'll go on fighting. I tell you, Anna, sometimes I pick up a book and I say: Well, so you've written it first, have you? Good for you. O. K., then I won't have to write it.(GN 600)

사울이 떠나고 자네트가 애나를 방문했을 때 애나는 작은 아파트로 옮길 준비를 하고 일자리를 구하고 있었다. 그 후 몰리를 만난 자리에서 애나는 앞으로 무엇을 할 것인지 말한다. 즉, 그녀는 결혼 복지 센터에서 상담자로 일할 것이고 지진아들을 위한 야학교사가 될 것이고 노동당에 가입할 것이라고 말한다. 위든의 말대로 자아가 확립되었기 때문에 애나가 사회참여를 시작할 수 있게 된 것이다 (Weedon 106). 그러나 그녀는 글은 쓰지 않겠다고 한다. 이는 직업으로서 글쓰기는 하지 않겠다는 뜻이다. 애초에 애나가 소설을 쓴 것은 "도덕적으로 나은" 인간을 만드는데 기여하고자 한 것이 이유였다. 그러므로 "바위 밀어 올리는 자"로서 결혼 상담가, 야학 교사, 노동당원이라는 구체적 활동이 모두 보다 나은 인간, 보다 나은 사회를 만들기 위한 것이므로 애나의 작가 정신은 여기에 모두 녹아 있다. 또한 키간에 의하면 "상호의존적 자아"에게는 더 이상 직업적인 성공은 중요시하지 않다(Kegan 105). 그러므로 작가이기를 그만 두고 사회봉사를 시작한 것은 애나가 더 이상 개인적인 성취보다는 사회의 복지를 더 중시하게 되었다는 것을 의미하며 이는 바로 공동체 지향적인 "상호의존적 자아"의 특성을 잘 보여준다.

애나가 새로운 자아를 구축하기 위해 과거를 되돌아보면서 깨달은 것은 모든 현상을 분리해서 보지 말아야 한다는 것이다. 레싱은 서문에서 애나가 이분법적 사고에서 벗어나 사물을 전체 속에서 보게 되는 것이 이 작품의 핵심적 주제라는 것을 분명히 해준다:

> 이 책의 정수, 그것의 구성, 그 안에 있는 모든 것이 묵시적으로나 명시적으로 말하고 있는 것은 우리는 사물을 분리하지 말아야 하고 파편화하지 말아야 한다는 것이다.
>
> 애나는 "자유 여성"에서 "구속. 자유. 선. 악. 예. 아니오. 자본주의. 사회주의. 섹스. 사랑 ……"이라고 말함으로써 주제를 표현한다 ─ 그것을 외치고, 북치고 나팔을 불면서 모티프를 선언한다. …… 적어도 나는 그렇게 생각한다. 그런식으로 나는 『황금빛 노트』라는 책 속의 황금빛 노트 부분이 구심점이고, 무게중심이며, 할 말을 하고 있다고 여겨지리라 믿는다.
>
> Yet the essence of the book, the organisation of it, everything in it, says implicitly and explicitly, that we must not divide things off, must not compartmentalise.
>
> "Bound. Free. Good. Bad. Yes. No. Capitalism. Socialism. Sex. Love ……" says Anna, in *Free Women*, stating a theme ─ shouting it, announcing a motif with drums and fanfares ···· or so I imagined. Just as I believed that in a book called *The Golden Notebook* the inner section called the Golden Notebook might be presumed to be a central point, to carry the weight of the thing, to make a statement.(GN ⅩⅥ)

모든 것이 하나의 전체를 이룬다는 것을 깨닫는다는 것은 전체를 이루고 있는 것들의 유기적 관계를 깨닫는다는 것이다. 모든 것들이 서로 뗄 수 없는 관계에 놓여있음을 인식하게 되면 개인은 개인주의적 자아에서 벗어나서 나와 너의 삶을 나누어서 생각하지 않는 "상호의존적 자아"로 발전하게 되는 것이다. 따라서 "상호의존적 자아"로 성숙한 애나는 인류 공동체를 지향하는 "바위 밀어 올리는 자"라는 자아 정체성을 사울과 함께 만들고 또한 함께 지니며, 이러한 지향을 위해 그와 서로 돕고 의지하며, 자신의 삶을 공동체를 위한 삶으로 설계한다. 이제 애나는 행복한 가정을 만들기 위해 일하고, 사람들을 교육하고, 사회적 제도를 수립하는데 참여함으로써 바위를 산 위로 일 인치 더 올리기 위한 행보를 시작할 것이다.

애나가 "상호의존적 자아"로 성숙했다는 것은 그녀가 자신의 자아에 부여했던 절대적 권위를 깨고 진리의 다양성을 인식하는 것과 삶을 반복으로 받아들이는 점이 뒷받침해준다. "상호의존적 자아"는 이분법적 사고에서 벗어나 총체적인 사고를 하게 되어 타자를 인정하게 되고 이는 곧 진리의 다양성에 대한 수용으로 이끈다. 그리고 "바위 밀어 올리는 자"는 계속 굴러 떨어지는 바위를 밀어 올리는 반복적인 작업을 삶으로 받아들인다. 그러나 그 반복적인 작업을 통해서 바위는 조금씩 산꼭대기를 향해 올라감으로써 결국 삶이란 만들어가는 과정이 되고 자아 또한 만들어가는 과정이 되면서 발전을 향해 항상 열려져있게 된다.

2. 『황금빛 노트』: 상호의존적 자아의 상징

레싱은 『황금빛 노트』를 통해 애나가 "상호의존적 자아"로 성숙하는 과정뿐만 아니라 성숙한 새로운 자아의 모습을 보여준다. 바로 소설 전체가 애나의 새로운 자아를 형상화하고 있기 때문이다. 물론 소설 밖에서 볼 때 이 소설의 저자는 도리스 레싱이지만 소설 안에서 볼 때 이 소설의 저자는 애나 울프이다. 앞에서 언급했듯이 사울은 애나에게 소설을 쓸 것을 적극 권유하고 소설의 첫 문장을 써주는데 그 문장이 바로 『황금빛 노트』의 첫 문장이 됨으로써 『황금빛 노트』는 애나의 작품이 된다. 이 소설은 성숙한 새로운 애나가 쓴 것임으로 그녀의 새로운 의미 체계에 입각해서 쓰여졌다. 새로운 의미 체계란 곧 새로운 자아이므로 『황금빛 노트』는 그 자체가 애나의 "상호의존적 자아"를 상징하게 된다. 새 자아를 상징하는 소설 속 황금빛 노트와 책제목이 같다는 것은 이 점을 암시하며 작품에 대한 구체적인 분석은 이를 확인시켜 준다.

　『황금빛 노트』는 애나의 새로운 의미 체계에 입각해서 쓰여졌기 때문에 이 소설의 구조는 삶에 대한 애나의 새로운 인식을 그대로 반영하고 있다. 즉, 위태커의 말처럼 이 작품은 "주제와 형식이 서로를 반영하고 있다 theme and form reflect each other"(61). 레싱은 소설의 형식이 소설의 내용을 그대로 반영하도록 주도면밀하게 소설을 썼고, 소설의 구성에 대한 레싱의 헌신은 "나의 주된 목적은 책 스스로가 자신에 대해서 알려주는, 즉 그것이 구성된 방식을 통해서 말하는, 말없는 진술과 같은 책을 구성하는 것이었다 my major aim was to shape a book which would make its own comment, a worldless statement: to talk through the way it was shaped"(GN ⅩⅩ)라는 그녀의 발언에서 잘 나타난다. 결과적으로 레싱의 의도대로 소설의 구성이 인간의 삶만큼 복합적이고 복잡하게 되었고, 그 난해한 구성을 분석하는 일은 애나의 새 자아에 대한 이해를 높여준다.

　애나의 새 자아인 "상호의존적 자아"의 상징으로서 『황금빛 노트』
는 그 구조에 있어서 다음과 같은 그녀의 성숙한 사고를 반영하고
있다. 첫째, 삶에 대한 통합적 비전이다. 삶이 질서 아니면 무질서라
는 이분법적 사고에서 벗어나 본래 무질서인 자연에 개인이 하나의
틀(form)인 질서를 부여한, 질서와 무질서가 공존하는 것이 삶이라
고 보는 것이다. 둘째, 사물을 전체 속에서 보게 됨으로써 진리는 하
나라는 독선에서 벗어나 다양한 진리를 인정하는 것이다. 셋째, 삶은
반복이지만, 제자리걸음씩 반복이 아니라 "바위 밀어 올리기"처럼
부단한 노력을 통해 아주 조금씩 전진하는 반복으로 보는 것이다.
따라서 IV-2에서는 애나의 이러한 새로운 삶의 관점이 『황금빛 노트』
에 구조적으로 어떻게 나타나 있는지 살펴보려고 한다.

　『황금빛 노트』의 구조는 크게 "자유 여성"과 "노트들" 두 부분으
로 이루어져 있다. "자유 여성"은 3인칭 관찰자 시점에서 서술된 반
면 "노트들"은 1인칭 서술로서 "자유 여성"의 주인공 애나가 쓰고
있는 일기들로 나타난다. "자유 여성"은 1957년 여름부터 이야기가
시작되며 "노트들"은 1950년부터 이야기가 시작되어 "자유 여성"의
결말 전까지 계속된다. 구성은 "자유 여성"이 5장으로 이루어져 있
고 "노트들"은 그 사이 사이에 네 번 등장한다. 그리고 네 번째 "노
트들" 다음 다섯 번째 "자유 여성"이 시작하기 전에 애나의 새로운
일기장인 황금빛 노트(the golden notebook)가 나타난다.

　애나는 이 "자유 여성"과 "노트들"의 서로 다른 글쓰기를 모두 수
용함으로써 삶의 질서와 혼돈을 모두 인정한다는 것을 보여준다.[29]

---

29) 애나의 시각으로 보면 자신이 작가이기 때문에 글쓰기의 문제를 삶의
　　문제에 대비한 것이 당연해 보이나, 레싱의 시각에서 생각해 볼 때 애
　　나의 직업을 작가로 정한 것은 작가는 창조하는 사람이기 때문이다.
　　즉, 작가는 이 세상의 무질서에 대하여 하나의 틀을 부여하는 전형적

『황금빛 노트』의 결말에 가면 "노트들"은 그녀가 이미 써 온 일기들
이고 "자유 여성"은 책 속의 황금빛 노트에 나타난 사건, 곧 새로운
자아를 구축하고 창작장애에서 벗어난 애나가 사울이 떠난 후에 쓴
소설로 나타난다. 그리고 난 후 애나는 "자유 여성"과 "노트들"을
편집하여 『황금빛 노트』를 탄생시킨 것인데 애나가 사울이 준 첫 문
장을 시작으로 쓴 소설 "자유 여성"만으로 자신의 새 소설을 구성하
지 않은 것은 전통적 소설형식인 "자유 여성"은 질서의 세계로, 다
양하고 비전통적인 글쓰기인 "노트들"을 무질서의 세계로 재현한 다
음에 『황금빛 노트』에 함께 둠으로써 무질서와 질서가 공존함을 보
여주기 위함이다.

  "자유 여성"은 전통적 수법으로 3인칭 시점에서 연대기순으로 쓰
여져 있어서 질서를 형상화하고 있다면, "노트들"은 복잡한 형식을
취함으로써 무질서의 세계를 형상화하고 있다. "자유 여성"은 구태
의연한 형식을 지니고 있기 때문에 특별한 설명이 필요 없지만 "노
트들"은 그 복합적인 형식이 어떻게 무질서를 형상화하고 있는지 구
체적으로 분석할 필요가 있다. 먼저 "노트들"은 일기형식을 취하고
있는데 전통적인 서술에 대하여 일기라는 서술양식이 상징하는 바는
무질서이다:

  바흐친이 말하는 문학외적 공간은 편지나 고백록, 일기의 공간을
  포함한다. 편지와 일기, 고백록이 주요한 위치를 차지해 온 페미니
  스트 소설은, 바흐친의 논의에 따른다면, 문학외적 언어의 다성적
  공간에 자리 잡는 셈이다. 또한 그것은 크리스테바의 기호계와 모
  성의 공간이며, 질서에 대치되는 무질서의 공간이며, 위험과 금기의
  공간이기도 하다. 왜냐하면, 이들은 모두 사회가 자신의 정체성을

───────────────

  인 사람 중의 한 사람이기 때문이다.

위해 마련한 자리, 다시 말해서, 주변부이기 때문이다.(유제분 308)

　일기와 편지, 고백록 등이 무질서의 공간에 속한다는 말은 잘 짜여진 전통적인 서술에 비해 일기 등이 자유롭고 통제되지 않은 글쓰기라는 사실을 지적하고 있다고 할 수 있다. 사실, 애나의 "노트들"은 바로 그러한 성격을 잘 나타내고 있다.

　네 권의 노트들은 일기라는 형식 안에 다양한 글쓰기를 보여주고, 그리고 시기적으로 1950년에서 1957년까지 다루고 있는데 노트들마다 각기 다른 시간적 체제를 지니고 있으며 같은 노트 안에서도 시간의 흐름이 연속적이지 않음으로써 전체적으로 혼란스럽다. 구체적으로 설명한다면, 검은색 노트에는 1954년 어느 날의 일기에서 애나가 문학과 작가에 대한 사색을 하다가『최전선』의 소재가 된 1940년대 애나의 아프리카 시절을 아주 길게 기록한다. 그 뒤에는 날짜가 없는 일기가 나타났다가 다시 1955년의 일기가 나오며 그 다음날 일기에는 1940년대 아프리카에서 있었던 일화가 기록된다. 그리고 나서 위선으로 가득 찬 출판계를 꼬집기 위해 미국 작가인 제임스 샤프터(James Schafter)와 공동작업한 가공의 일기의 일부가 역시 날짜가 없이 수록되며, 또한 같은 목적의 글인 제임스의 단편 "바나나 잎에 묻은 피 Blood on the Banana Leaves"가 게재된다. 그리고 이들과 나란히『최전선』에 대한 소련의 서평이 "픽션보다 더한 픽션의 예"(유주현 657)로 나타난다. 붉은색 노트에는 1954년의 일기 다음에 1952년에 낙서처럼 글을 써놓은 종이가 붙여지고, 이것과 함께 교사인 테드(Ted)가 교사 방문단 일원으로 소련을 방문한 뒤 쓴 몇 장의 편지 또한 그대로 부착해 놓는다. 테드의 글은 스탈린을 우상시하는 순진함이 넘치는 글로서 문체가 단순하며, 3인칭 시점에서 글이 시작했다가 갑자기 일인칭 시점으로 바뀐다. 노란색 노트는 이미 언급했듯이 소설 형식으로 쓰여졌기 때문에 날짜가 없으며, 『제3의 그림자』의 이야기는 매끄럽게 진행되지 않고 이 소설과 관련된 애나의 사색이 중간 중간 불쑥 나타난다. 그리고 이야기는 완성되지 않고 끝부분에 남녀관계에 대한 19 개의 패스티쉬를 통해서 남녀의 사랑을 패로디한다. 파란색 노트 또한 시간에 얽매이지 않는 자유로움이 나타는데 일기가 1950년에서 갑자기 1946년으로 바뀌기도 한다. 이러한 시간의 변화는 애나의 의식의 흐름이기 때문에 이상할 것은 없으나 "자유 여성"의 연대기 적인 글쓰기와 대비될 때 "노트들"의 시간적 불연속성은 무질서한 인상을 만들어 낸다. 스타일에 있어서는 이 노트에 1950년부터 1954년까지 기간 동안 세계 도처에서 일어난 폭력에 대한 머리기사가 나타나며, 잠시 교제했던 넬슨과 그 아내의 폭력적인 관계를 극적으로 나타내기 위해 그들의 대화를 연극 대본처럼 쓰기도 한다.

또한 이미 언급한 바와 같이 "노트들"이 한 권이 아닌 네 권으로 갈라짐으로써 그 자체가 애나의 정신적 혼돈을 상징하고 있는데, 네 권의 노트에 담겨져 있는 내용 또한 세상의 혼돈, 즉 세상에 만연한 폭력들이다. 검은색 노트는 작가로서 애나의 갈등을 담고 있는데 애나의 창작 장애를 유발한 것이 세상의 폭력이다. 붉은색 노트는 공산주의라는 이데올로기에 대한 환상이 깨어지는 과정을 보여주는데 환상에서 벗어나게 하는 것이 공산권은 물론 서방세계에서 자행되고 있는, 물리적일 뿐만 아니라 정신적인 폭력이다. 노란색 노트는 애나가 꿈꾸는 남녀간의 진실한 사랑이 불가능한 것에 대한 탄식의 장이라고 할 수 있는데 그러한 사랑이 불가능한 이유 중의 하나가 남녀 관계에서 폭력적인 면, 즉 가학증과 피가학증이라는 관계의 고리이다. 파란색 노트에는 지속적으로 파괴의 원리에 대한 애나의 꿈이 나타나며, 앞장에서 살펴보았듯이 광증을 통해서 애나가 인식한 것이 인간의 파괴성이다. 그리고 노란색 노트 외에 세 노트들의 끝부분에는 모두 폭력에 관한 신문기사가 스크랩된다. 이와 같이 "노트들"은 내용으로나 형식으로나 혼돈의 세계를 반영하고 있는데 이 "노트들"이 "자유 여성"의 계속적인 흐름을 방해하고 "자유 여성" 중간 중간에 등장함으로써 질서와 무질서가 더욱 대비된다.

그런데 애나는 먼저 질서와 무질서의 세계를 대비시킨 다음 그 둘의 경계를 부수는 작업을 하고 있다. 즉, 먼저 "자유 여성"과 "노트들"이 각각 허구와 실제라는 것을 구분 짓는 전략이 나타난다. 그것은 "자유 여성"과 "노트들" 모두에 등장하는 인물들의 삶을 다르게 그려내는 방법이다. "노트들"에서 마리온은 세 딸을 가진 평범한 아내로 나오며 그저 잠깐 언급될 정도이나 "자유여성"에서 마리온은 딸이 아닌 아들을 두었으며, 리차드와 이혼 위기에 처한 알코올 중독자로서 그녀의 이야기가 상당 부분을 차지한다. 결혼과 남자로부터 결코 자유롭지 못한 마리온은 "자유 여성"이라는 제목에 아이러니를 더하는 역할을 하고 있다. 사울의 경우는 "노트들"에서와는 달리 "자유 여성"에서 그의 비중은 약하게 다루어진다. 이름 또한 바뀌어서 밀트로 나오며 밀트는 사울과는 달리 결혼을 했고 사울에 비해 건강한 남성으로 그려진다. 토미는 사울과 반대로 "노트들"에서는 그저 애나의 주변인물로 나오다가 "자유여성"에서는 이야기의 중심을 차지한다. "노트들"에서 토미는 1957년을 기준으로 24세이며 같은 사회주의자 여성과 결혼한 평범한 청년인데 반하여 "자유여성"에서 토미는 1957년에 21세이며 삶에 대한 허무를 극복하지 못하고 권총으로 자살을 시도하여 두 눈을 잃고 오히려 적극적으로 살아가는 괴짜로 나타난다. 이러한 예들은 애나가 실제 주변인물인 마리온과 토미를 선택하여 "자유여성"의 극적 구성을 위하여 어떻게 허구화시키는지 보여준다. 또한 애나는 "노트들"이 출판을 목적으로 한 소설이 아니고 자신만을 위해 써 온 일기들이라는 것을 강조하는 것들이 있는데, 그것들은 사적인 일기에 나타날 수 있는 "썼던 글 지우기, 필체의 변화, 검은 선, 핀으로 꽂은 신문기사, 타이프로 친 글, 음악 기호, 파운드 기호, 서로 연결된 동그라미, 별표, 낙서, 대괄호, 클립으로 꽂고 또는 고무줄로 묶은 자료 her cross-outs and her inclusion of other handwritings, black lines, pinned-in newsprint, typescript, musical symbols, the £ sign, interlocking circles, asterisks, doodling, brackets, and clipped and banded material"(Sprague 81) 들이다. 이 모든 것들이 직접 활자화해서 나타나지는 않는다. 편집자로서 애나는 대괄호 안에서 이러한 것들이 나타난다고 설명할 뿐이다. 그러므로 우리가 눈으로 직접 볼 수 있는 것은 대괄호와 별표 정도이다.

이와 같이 애나는 "자유여성"이 허구이고 "노트들"이 실제라는 인상을 심어놓은 다음에 둘의 경계를 허물어서 둘을 융합시키는 작업을 하는데, 먼저 "노트들"이 실제인가를 의심하게 만든다. 예를 들어 첫 번째 파란색 노트(검은색, 붉은색, 노란색, 파란색 순으로 배열된 노트들이 네 차례 나타난다)에서 1950년 애나는 33살로 나온다. 그러면 1957년 시점에서 애나는 40세이다. 그런데 네 번째 파란색 노트에 애나는 자신이 1922년에 출생했다고 말함으로써 1957년에 35세인 것으로 나타난다. 또한 검은색 노트에 등장하는 윌리(Willie)가 파란색 노트에서는 맥스(Max)라는 이름으로 나오며 그가 자네트의 아버지라고 말한다. 어느 것이 사실인지 알 수 없으며, 모두 사실이 아닐 수도 있다. 또한 사울이 가공의 인물일 수 있다는 것이 제시된다.[30] 사울은 마지막인 네 번째 파란색 노트에 등장하는데 세 번째 검은색 노트에 나오는 가공의 일기가 마치 사울의 일기에 나올 법한 내용으로 채워졌다. 애나는 이 일기의 저자가 해외에서 떠도는 미국인 작가인 것처럼 일기를 지어냈었다. 그리고 애나는 마지막 파란색 노트에 사울과 관련된 자신의 이야기를 적고 있는데 문장 사이사이에 별표가 붙여진 번호가 19번까지 나타난다. 이것들은 노란색 노트의 마지막 부분에 19개의 패스티쉬와 대응된다. 그러므로 애나가 사울과 지내면서 느끼는 것을 소설로 구상하여 메모하고 있다고 볼 수도 있지만 19개의 구상을 토대로 "자유여성"의 밀트를 모델로 하여 사울을 보다 극적인 인물로 꾸며냈다고 볼 수도 있다. 이러한 사실들은 "노트들"에 허구성을 제공하여 "노트들"과 "자유여성"과의 구별을 흐리게 한다.

그리고 애나는 "노트들"을 "자유여성"에 귀속시킨다. 먼저 "자유여성" 1장 끝 부분에 애나가 네 권의 노트를 바라보고 있는 장면이 나옴으로써 그 뒤에 나오는 "노트들"이 "자유여성"의 애나가 쓰고 있는 일기들처럼 보이게 하여 두 부분을 자연스럽게 묶어준다. 그리고 "자유여성"에서 토미의 자살 미수는 "노트들"에 나타난 애나의 죽음에의 충동이 투사된 것으로 이러한 사실은 애나가 "노트들"의 진실을 "자유여성"에서 표출하고 있다는 것을 말하고 있다. 그러므로 진실을 담아내는 그릇만 바뀌었을 뿐 진실은 허구와 실제를 넘나

---

30) 로버타 루벤스타인의 "Doris Lessing's *The Golden Notebook*: The Meaning of its Shape," 존 캐리(John Carey)의 "Art and Reality in *The Golden Notebook*," 그리고 이블린 제이 힌츠(Evelyn J. Hinz)와 존 제이 피니슨(John J. Feunissen)의 "The Pieta as Icon in *The Golden Notebook*"과 같은 논문들은 사울을 애나의 창조로 보는 소수의 예이다.

들고 있는 것이다.

또 한 예는 마리온에서 나타난다. 애나는 영국 공산당을 위해 선거운동을 하면서 노동자 동네에 사는 주부들을 만나고 다녔는데 결혼하여 육아와 가사에 종사하는 여성들의 소외를 실감하고 붉은색 노트에 이를 적는다:

남편들과 아이들에도 불구하고, 아니 그보다는 오히려 그들 때문에 조용하게 홀로 미쳐가고 있는 다섯 명의 외로운 여자들. 그들 모두가 지니고 있는 특질. 자기 회의. 행복하지 않기 때문에 느끼는 일종의 죄의식. 그들 모두가 읊조리는 문구. "전 뭔가가 잘못되있는 게 분명해요." 선거본부로 돌아와서 그날 오후의 선거운동을 책임지고 있는 부인에게 이 여자들 이야기를 했다. 그녀가 말했다. "그래요. 이 나라는 혼자서 미쳐 가는 여자들로 꽉 차 있어요." 잠시의 침묵, 그리고 나서 그녀는 그러한 자기 불신, 내가 이야기를 나눴던 여자들이 보이는 죄의식의 다른 측면인 공격성을 다소 지니고 덧붙여 설명했다. "하긴 공산당에 가입해서 내 자신의 삶에 어떤 목적을 갖게 되기까지는 저도 마찬가지였어요." 나는 이 점에 대해서 생각하고 있다 - 진실을 말하자면 이 여자들이 선거운동보다도 훨씬 더 나의 관심을 끈다는 것이다.

Five lonely women going mad quietly by themselves, in spite of husband and children or rather because of them. The quality they all had: self-doubt. A guilt because they were not happy. The phrase they all used: 'There must be something wrong with me.' Back in the campaign H. Q. I mentioned these women to the woman in charge for the afternoon. She said: 'Yes, whenever I go canvassing, I get the heeby-jeebies. This country's full of women going mad all by themselves.' A pause, then she added, with a slight aggressiveness, the other side of the self-doubt, the guilt shown by the women I'd talked to: 'Well, I used to be the

same until I joined the Party and got myself a purpose in life.'
I've been thinking about this - the truth is, these women
interest me much more than the election campaign.(GN 156)

이러한 기혼 여성들의 실상을 "자유여성"에서 마리온을 통해 보다
극적으로 나타냄으로써 기혼 여성의 문제에 대한 애나의 첨예한 인
식을 다시 한번 보여주는 것이다. 또한 남편으로부터의 소외의 고통
을 잊기 위해 술에 의지했던 마리온은 토미를 만나 사회문제에 관심
을 갖게 되나, 결국에는 고급 옷가게 주인이 됨으로써 마리온의 얄팍
한 영웅주의는 그녀의 자기불신과 동전의 양면이라는 애나의 생각을
그대로 마리온에게 적용시키는 것을 알 수 있다.

토미와 마리온의 예는 실제 삶이 소설에서 어떻게 허구화되는지
보여주기도 하지만 실제와 허구를 관통하는 진리가 일관되어 있다는
것을 보여줌으로써 "자유여성"과 "노트들"의 경계를 허물고 있다.
그리고 무엇보다도 『황금빛 노트』 안에 "자유여성"과 "노트들"이 공
존하고 있다는 사실이 양자간의 상호 보존적 관계를 대변하고 있는
데 루벤스타인의 표현을 빌면 "노트들"이 없는 "자유여성"은 아주
단조롭고 현실감이 떨어진다:

아이러니칼하게도, 후자 ["자유여성"]는 노트들이 없이 연대기
순으로 읽었을 때 그녀[애나]의 경험에 대한 가장 단조롭고, 전혀
매력이 없는 이야기가 된다. "예술"의 형태로, 객관적으로 그리고
선택적으로 쓰여졌을 때 그녀의 경험이 지닌 복합성은 전통적인
형식에서 완전히 상실된다.
Ironically the latter, if read chronologically without the notebooks,
is the flattest, least gripping version of her experience. Shaped
into "art," given objectivity and selectivity, the complexity of her

experience is utterly lost in the conventional form in which it is finally written.(Rubenstein 57)

"노트들"에 나타난 애나의 자아 정체성 상실과정과 자아붕괴 이후 인간의 파괴성을 인식하는 과정이 빠진 "자유 여성"은 애나의 삶의 진실을 전달할 수 없다. 그리고 "자유 여성"이 없는 "노트들"은 애나의 내면만 보여줄 뿐 애나의 일상생활은 전혀 알 수 없으며 예술 작품으로서 틀을 구비할 수 없다. 애나는 그녀가 인식한 삶의 모습을 가장 근사하게 그려내기 위해서 "노트들"과 "자유여성"을 결합시킨 것이다. 즉, 삶은 질서도 아니고 무질서도 아니며 그것들의 혼합으로 이루어져 있다는 것이다:

> 애나 울프의 "진실" - 또한 소설의 "진실" - 은 사실과 허구, 노트와 소설, 과거와 현재, 부분과 『황금빛 노트』를 이루고 있는 전체 사이의 경계선을 희미하게 하는 것이다.
> The "truth" of Anna Wulf-and the "truth" of the novel - lies in the blurred line between fact and fiction, between notebook and novel, between past and present - between the parts and the whole that form *The Golden Notebook*.(Rubenstein 58)

그러므로 애나는 삶의 무질서에 개인이 삶의 의미를 부여하여 삶의 패턴을 만들 듯이 "자유여성"이 "노트들"을 통제하며 소설 전체의 패턴을 형성하고 있는 것이다. 그래서 『황금빛 노트』는 "자유 여성"으로 시작하고 "자유여성"으로 끝나고 있는 것이다.

스타일이 확연히 다른 "자유여성"과 "노트들"의 공존은 삶의 질서와 무질서의 융합을 보여주고 있는 반면 『황금빛 노트』가 보여주고 있는 스타일의 다양성은 삶의 다양성, 곧 진리의 다양성을 시사한다.

스프래그 또한 "서술 형식들과 혼합된 전달 매체들은 인격과 진실의 다양성을 투사하고 있다. The narrative forms and mixed-media materials project the multiplicity of personality and truth."(1987, 81)라고 말함으로써 이를 뒷받침 해준다. 『황금빛 노트』에는 "자유여성"의 전통적인 사실주의 소설양식에서부터 "노트들"의 일기형식과 "노트들" 안에 편지, 서평, 패스티쉬, 단편, 소설 원고, 영화 시납시스, 신문 머리기사, 신문기사, 희곡 대본 등이 나타난다. 『황금빛 노트』전체와 비교했을 때 전통적 사실주의 기법으로 쓰인 "자유여성"이 지닌 한계, 즉 개인의 내면을 있는 그대로 보여주기 어렵다는 사실을 보완해주는 것이 일기형식의 "노트들"이다. 따라서 전통적 사실주의 문체나 그 동안 주변적인 글쓰기로 여겨져 왔던 일기와 편지 등이 삶을 재현하는데 모두 필요하다는 것을 입증함으로써 애나는 소설에서 절대적인 문체는 없다는 것을 말하고 있는데 이는 곧 진리의 다양성에 대한 인식을 반영한 것이다.

그리고 "노트들"의 네 권의 노트는 삶에 대한 다양한 시각을 재현한다. 다시 말해서 애나는 자신의 삶을 네 가지 각도에서 보고 있는 것이다. 어느 한 가지 각도만 가지고도 애나는 자신의 삶을 이야기할 수 있다. 이는 애나가 작가로서 자아, 공산주의자로서의 자아, 또는 자유여성으로서의 자아, 이 셋 중의 어느 한 가지 자아만으로 또는 이 모든 자아 정체성들이 만들어낸 자아로 살 수 있다는 것을 의미한다. 즉, 사람들은 각기 다양한 삶의 의미를 만들어낼 수 있다는 뜻이다.

끝으로 『황금빛 노트』의 구조적 특징 중의 하나는 사건의 반복이다. 예를 들면 인간은 동물과 다를 것이 없다는 "식인종" 철학은 "자유 여성"에서 토미를 통해 처음 나타나고 이후 노란색 노트에서

엘라의 아버지에게서 그리고 나중에 황금빛 노트에서 애나의 입을
통해 나타난다. 또한 노란색 노트의 마지막 부분에 메모한 19가지의
패스티쉬는 파란색 노트에 기록한 사울과 애나의 이야기와 대응된다.
가장 큰 반복은 애나가 느끼는 삶에 대한 절망과 죽음에 대한 충동
이 토미를 통해 극적으로 나타나는 것이다. 그런데 이는 또한 엘라
가 쓴 자살에 관한 소설 줄거리에서 요약되어 나타난다.

  그런데 이러한 구조를 통해서 애나가 보여주려고 하는 것은 삶은
반복하지만 조금씩 발전한다는 애나의 믿음이다. 개인이 추구하는
질서와 진리는 번번이 실패할 수 있지만 부단한 추구에 의해 세상이
조금씩 변할 수 있으므로 좌절하지 않고 끊임없이 노력하는 것이 중
요하다는 것이 애나의 생각이다.『황금빛 노트』는 형식은 사실주의
문학을 포기했지만 내용은 19세기 사실주의 작가들이 보여주던 삶에
대한 도덕적 비전을 제시하고 있다. 즉, 과거의 좋은 점은 유지하고
거기에 새로운 것을 더하고 있다. 애나가 택한 직업인 결혼상담가,
지진아 야학교사, 노동당원은 바로 애나가 과거부터 지니고 있었던
사회에 대한 봉사정신이 - 공산주의에 몰입했던 근본정신은 바로 이
러한 사회의식이다[31] - 발전적인 형태로 나타난 것이다. 발전적인
형태라고 말한 것은 그녀가 택한 직업은 그녀의 삶에 대한 발전된
인식의 결과이기 때문이다. 그녀는 인간성의 본질을 외면한 채 정치
적 혁명으로 사회를 변화시키겠다는 눈먼 이데올로기인 공산주의를
버리고 보다 나은 세상을 위해 사람들에게 직접적이고 구체적인 도

---

31) 애나는 공산당원이며 주말에는 지진아를 가르치고 있는 진 바아커
    (Jean Barker)를 만나고난 후 붉은색 노트에 "공산당에는 실제로 전혀
    정치적이지 않고 단지 강한 봉사정신을 지닌 자들이 대부분이다 The
    Communist Party is largely composed of people who aren't really
    political at all, but who have a powerful sense of service"(GN 158)라
    고 적고 있는데 애나 또한 그런 사람들 중의 한 사람이다.

움을 줄 수 있는 일을 택한 것이다. 그리고 바위를 더 높은 곳으로 올리기 위해서는 한 걸음에서 시작하듯이 작은 일부터 실천해 나가고 굴러 떨어진 바위를 밀어올리기 위해 같은 지점을 몇 번 지나가야 하는지 알 수 없는 일을 묵묵히 수행하듯이 자신의 봉사활동에 따르는 그 반복적인 일상을 겸허하게 받아들이겠다는 뜻이다.

『황금빛 노트』의 결말이 또한 이러한 애나의 사고를 반영하고 있다. 언급했듯이 책 속의 황금빛 노트에서 사울이 애나와 헤어질 때 애나에게 『황금빛 노트』의 첫 문장을 써준다. 이로써 『황금빛 노트』는 종래의 직선적 서술구조가 아닌 순환구조가 된다. 그러나 단순한 순환이 아니다. 책 속의 황금빛 노트가 끝나고 『황금빛 노트』의 마지막 장인 다섯 번째 "자유여성"이 뒤를 잇는다. 이 "자유여성"에는 네 번째 파란색 노트와 황금빛 노트의 이야기가 다시 반복된다. 그런데 반복으로 끝나지 않고 사울을 의미하는 밀트가 떠나고 난 후의 이야기가 나온다. 자네트가 잠시 집을 방문하고 애나는 더 작은 아파트로 이사 갈 준비를 하고 애나와 몰리가 만나서 대화하는 중에 애나가 앞으로 할 일이 밝혀지고 두 사람이 헤어지는 것으로 끝맺는다. 이 추가된 부분은 바로 애나가 앞으로 할 일을 밝히기 위한 부분이기도 하지만 반복하는 삶에서 발전된 만큼 보여주기 위한 구조적 장치이다. 내용상 새 자아 정체성을 획득한 애나가 그 정체성에 걸맞은 직업을 선택한 것을 보여줌으로써 애나의 성숙을 일단락 짓고 있는데 상징적으로 애나는 이야기의 반복이 끝난 후에 나오는 이야기의 길이만큼 과거보다 성숙한 것이다.

지금까지 살펴본 『황금빛 노트』의 구조는 아주 복잡하게 만들어져 있다. 이러한 복잡함은 바로 실제 경험은 글로 표현하기 어렵다는 애나의 인식의 결과이다:

안다는 것은 일종의 '계시'였다. 광기 속에서 시간 감각을 상실했던 지난 몇 주 동안 나는 이런 '인식'의 순간들을 잇달아 경험했었다. 그럼에도 이러한 종류의 앎을 말로 표현할 방도가 없는 것이다. 그럼에도 이 순간들은 깨어났을 때도 여전히 남아 있는 어떤 꿈의 급속한 장면들처럼 너무나 강렬해서 내가 터득한 것은 죽을 때까지 내가 인생을 경험하는 방식의 일부가 될 것이다. 단어들. 단어들. 나는 단어들을 가지고 유희를 한다. 어떤 조합, 단어들의 어떤 우연한 조합이 내가 원하는 것을 표현해 주리라 희망하면서. 어쩌면 음악이 더 나을까? 그러나 음악은 적대자처럼 내 내면의 귀를 공격한다. 그것은 내 세계가 아니다. 사실은, 진정한 경험은 묘사될 수 없다는 것이다. 나는 생각한다, 씁쓸하게. 이미 구태의연해진 어떤 소설처럼 일렬로 늘어선 별표들이 더 나을지도 모른다고. 혹은 어떤 식의 상징, 어쩌면 하나의 원이나 하나의 정사각형, 어떤 것이라도. 그러나 단어들은 아니다.

Knowing was an 'illumination.' During the last weeks of craziness and timelessness I've had these moments of 'knowing' one after the other, yet there is no way of putting this sort of knowledge into words. Yet these moments have been so powerful, like the rapid illuminations of a dream that remain with one waking, that what I have learned will be part of how I experience life until I die. Words. Words. I play with words, hoping that some combination, even a chance combination, will say what I want. Perhaps better with music? But music attacks my inner ear like an old-fashioned novel, might be better. Or a symbol of some kind, a circle perhaps, or a square. Anything at all, but not words.(GN 592)

즉, 글은 논리의 세계에 속하고 애나가 경험한 꿈, 광기, 깨달음 등은 비논리의 세계에 속하기 때문에 그녀의 모든 경험을 근사치로 표현해내기 위해서 『황금빛 노트』의 구조와 같은 실험적인 구조를 만들어낸 것이다.

V. 결 론

　　지금까지 살펴본 바에 의하면 『황금빛 노트』의 애나는 정신적 혼란을 이겨내고 한 단계 성숙하여 "바위 밀어 올리는 자"라는 자아정체성을 갖게 되는데 이 새로운 자아는 키간이 묘사하고 있는 "상호의존적 자아"의 특성을 놀라울 정도로 잘 나타내고 있다.

　　먼저 애나는 인간의 악을 수용하여 이분법적 사고에서 벗어났다. 삶의 무질서한 면을 견딜 수 없었던 애나는 그 무질서가 인간 내면의 악에서 나온다는 것을 깨닫고 삶의 무질서를 인정한다. 그러고 나서 삶은 질서도 무질서도 아닌 그 공존에 있다는 사실은 받아들인다. 바위를 밀어 올리는 일은 삶의 무질서로 인하여 자칫 절망스러운 일이 될 수 있으나 오히려 삶의 무질서를 받아들임으로써 수행가능한 일이다.

　　두 번째로 애나는 삶은 하나의 전체를 이룬다는 것을 보여준다. 세상에 존재하는 것들이 하나의 전체를 이루기 위해서 존재할 때 전체를 이루는 것들의 관계성은 본질적인 것이다. 즉, 모든 것들은 상호의존하고 있다는 것이다. 애나가 세상 이곳저곳에 흩어져 있는 "사회 개혁가"들을 생각해내는 장면과 작은 인내들이 모여서 삶을 이룬다는 것을 인식하는 장면은 그녀가 삶의 상호의존성을 깨달아가는 것을 보여주며 궁극적으로 "그 게임"이라고 부르는 애나식 명상을 통해 삶이 하나의 전체라는 것을 인식하게 된다. 애나는 사울을 영원히 한 팀으로 여기고 그와 새 자아를 공유하는 것은 바로 이런 깨달음을 바탕으로 하고 있다.

세 번째로 상호의존적인 삶은 닫힌 체계가 아니라 열린 체계라는 것이 나타난다. 닫힌 체계는 발전하지 않는다. 키간이 그린 자아 발달의 모형은 위를 향해 올라가는 나선형이다. 원이 아니라 나선형이라는 것은 열려져 있다는 것을 의미한다. 존재하는 것들은 열려있는 방향으로 나아가기 위해서, 즉 전체의 발전을 위해서 서로 개방하고 끊임없이 소통한다. 애나가 그녀의 새 자아를 공유했다는 것, 즉 새 자아를 상징하는 황금빛 노트를 사울과 함께 썼다는 것은 그들이 서로에게 열려 있다는 것을 의미한다. 그런데 서로 열려있어서 상호의존하는 자아들은 바로 그러한 사실 때문에 발전을 향해서도 열려있게 된다.

네 번째로 나타나는 것은 상호의존적 자아는 공동체 지향적이라는 것이다. "바위 밀어 올리는 자"라는 정체성은 자아의 공동체 지향성을 잘 형상화하고 있다. 이는 인류의 발전을 위해서 자신의 역할을 묵묵히 이행하는 자의 이미지이다. 애나는 이러한 정체성에 걸맞게 앞으로 결혼 상담가, 야학교사, 노동당원이 되겠다고 한다. 개인적인 성공에는 더 이상 관심이 없고 지역사회의 발전과 이웃의 행복을 위해서 봉사하는 모습이다.

레싱이 제시한 성숙한 자아가 키간의 "상호의존적 자아"의 특징을 잘 나타내고 있다는 사실 이외에 『황금빛 노트』에서 레싱이 보여주는 성숙의 과정도 주목할 가치가 있다.

첫째, 자율성을 획득한 성인이 그 이상으로 성숙하기 위해서는 정신이 열려있어야 한다는 것을 레싱을 말해준다. 먼저 애나의 말을 다시 한번 인용하겠다:

전 신경증이라는 단어는 정신이 고도로 깨어있고 발전된 상태를 의미할지도 모른다는 걸 명확히 강조하고 싶어요. 신경증의 본질은 갈등이죠.(GN 439)
…… 사람들이 분열되고, 정신적으로 무너진다는 것은 그들이 무언가에 스스로를 열어 놓았다는 것을 의미한다고 여겨진다.(GN 443)

위의 인용문이 분명하게 지적하고 있듯이 애나가 "상호의존적 자아"로 성숙할 수 있었던 것은 그녀의 의식이 깨어있었기 때문이다. 깨어있었기 때문에 삶의 모순을 발견하고 그 모순 때문에 괴로워하다가 자아가 분열되는 상태에 이르게 된 것이다. 그리고 그러한 분열이 있었기 때문에 자아가 붕괴되고 자아가 붕괴되었기 때문에 새로운 자아가 형성될 여지가 생긴 것이다.

둘째, 레싱은 성숙하기 위해서는 인간 내면의 악을 경험해야 한다는 사실을 알려주고 있다. 전통적인 성장소설에서 주인공들은 세상의 악을 경험하고 어른으로 성장하게 된다. 그러나 애나는 자기 내면의 악을 인지함으로써 세상의 모순을 수용할 수 있게 되고 "상호의존적 자아"로 성숙한다. 특기할 것은 애나의 내면의 악은 광증으로 나타나고 있다는 사실이다.

셋째, 레싱은 깨달음은 이성보다는 직관을 통해서 온다는 것을 강조한다. 애나는 자아가 붕괴된 이후부터 새 자아가 확립되기까지 새로운 인식에 도달하고 그러한 새로운 인식을 바탕으로 새로운 자아 정체성이 형성된다. 그런데 애나의 새로운 인식은 거의가 꿈에서 이루어지는데 여기서 꿈이 의미하는 바는 이성을 넘어선 세계이다. 레싱은 애나가 꿈속에서 깨달음에 이르도록 그려냄으로써 깨달음은 직관의 세계에 속한다는 것을 나타내주고 있다.

끝으로 『황금빛 노트』의 성과를 살펴보겠다. 먼저 애나의 "상호의

154

존적 자아"는 자율성을 중시하고 개별성을 중시하는 자아에서 한 단
계 발전한 자아로서 이미 자율성을 확보한 성인 남녀에게 또 다른
성숙의 지표를 제시한다. 그런데 "상호의존적 자아"가 단순히 추상
적인 개념이며 "상호의존적 자아"로의 성숙이 개인의 행복과는 관련
이 없을 것이라고 생각하는 사람들에게 스티븐 코비(Stephen R.
Covey)의 다음과 같은 발언은 "상호의존적 자아"의 실용성을 분명
하게 알려준다:

상호의존은 한층 성숙하고 한층 발전된 개념이다. 내가 육체적
으로 상호의존적이라는 것은 내가 독립적이고 유능하지만 너와 내
가 함께 일을 하면 내가 혼자서 최선을 다해 성취할 수 있는 것
훨씬 이상의 것을 이룰 수 있다는 것을 인식하고 있다는 것을 의
미한다. 내가 정서적으로 상호의존적이라는 것은 나는 나 자신을
굳건히 믿고 있지만 사랑과 봉사의 필요성과 다른 사람들로부터
사랑을 받을 필요성을 알고 있다는 것을 의미한다. 내가 지적으로
상호의존적이라는 것은 다른 사람들의 최고의 생각을 나의 생각과
합칠 필요성을 깨달았다는 것을 의미한다.

Interdependence is a far more mature, more advanced concept.
If I am physically interdependent, I am self-reliant and capable,
but I also realize that you and I working together can accomplish
far more than, even at my best, I could accomplish alone. If I
am emotionally interdependent, I derive a great sense of worth
within myself, but I also recognize the need for love, for giving,
and for receiving love from others. If I am intellectually inter-
dependent, I realize that I need the best thinking of other people
to join with my own.(51)

코비는 "상호의존적 자아"의 협동심을 강조해주고 있는데 그러한 협

동을 통해 개인은 더 유능해지고 행복은 배가된다는 것을 말함으로
써 "상호의존적 자아"에 대한 일반인의 관심을 불러일으키고 있다.
　또한 "상호의존적 자아"로 성숙한 애나는 새로운 여성상을 보여준
다는 점을 간과해서는 안 된다. 『제2의 성』에서 보부아르는 남성들
처럼 위대한 여성이 탄생하기 어렵다는 것에 대해서 탄식했다:

　　우리가 위대하다고 부르는 남자들은 - 어떻게 해서든지 - 자기
　들의 어깨 위에 무거운 세계를 짊어진 사람들이다. 정도의 차이는
　있지만 그들은 그 일을 잘 해냈다. …… 그것은 어떠한 여자도 결
　코 할 수 없었던 것이다. 세계를 자기의 것으로 생각하고, 세계의
　죄를 자기의 죄로 생각하며, 세계의 영광을 자기의 영광으로 돌리
　기 위해서는 특권계급[남성계급]에 속하지 않으면 안 된다.(보부아
　르 505)

　그런데 『황금빛 노트』의 애나는 세계의 죄를 자기의 죄로 생각하
면서 괴로워하는 여성이었다. 세상의 악에 대한 책임감 때문에 자아
가 분열되는 지경까지 이르렀었다. 즉, 『황금빛 노트』는 남성과 마찬
가지로 세상의 변화를 위해 자신의 삶을 거는 여성을 보여줌으로써
여성을 남성과 동등한 위치로 올려놓았다.
　이어서 『황금빛 노트』의 성과는 광증에 대한 긍정적인 측면을 제
시했다는 것이다. 전통적으로 광증은 삶에서 패배한 자들의 증상으
로 치부되었다. 광증을 겪는 사람들은 나약한 사람들이고 낙오자였
다. 그러나 레싱은 광증은 오히려 정신이 열려있는 사람들이 겪는
증상이고, 성숙하기 위한 과정이라는 것을 실감하게 함으로써 우리
의 사고의 지평을 넓혀주었다. 다시 말해서 광증은 철저한 자기성찰
의 징조로 재인식된 것이다.

『황금빛 노트』의 또 하나의 성과는 그 혁신적인 구조이다. 레싱은 작품의 형식이 그 주제를 그대로 형상화하도록 작품을 구성했다. 그래서 작품의 구성이 복잡해져서 내용이 난해하게 느껴질 수 있다. 하지만 작품을 충분히 이해한 다음에는 결론의 앞부분에 정리한 "상호의존적 자아"의 정신세계가 작품에 형식에 나타나면서 작품 전체가 "상호의존적 자아"를 상징하게 만들었다는 사실에 대해서 진정으로 감탄하게 된다. 그것은 내용이 형식을 배반할 수도 있고 형식이 내용을 미처 따라잡지 못할 수도 있는 현실에서 내용과 형식이 일치하는 아름다움 때문이다. 그리고 이러한 내용과 형식의 일치는 생각과 행동이 서로 틀리지 않는 "상호의존적 자아"에 대한 은유일 것이라는 생각은 성급한 결론이 아닐 것이다.

참고 문헌

김욱동 편저. 『포스트모더니즘의 이해』. 서울: 문학과 지성사, 1991.

나영균. 『전후 영미 소설의 이해』. 서울: 이화 여대, 1993.

박이문. 『인식과 실존』. 서울: 문학과 지성사, 1982.

시몬 드 보부아르. 『제2의 성』. 조홍식 옮김. 서울: 을유문화사, 1994.

유제분. "페미니즘과 포스트모더니즘-도리스 레씽의 『황금 노트북』."
　　　『영어영문학』 제41권 2호(1995): 459-75.

＿＿＿＿＿. "바흐친의 대화론과 페미니즘-버지니아 울프의 『델러웨
　　　이 부인』과 도리스 레씽의 『황금 노트북』." 『영어영문학』제43권
　　　2호(1997): 305-20.

＿＿＿＿＿. "간극의 정체성: 페미니즘과 탈식민 담론의 조우와 갈
　　　등을 통하여 본 도리스 레씽의 『풀잎은 노래한다』." 『영어영문
　　　학』 제45권 1호(1999): 3-20.

유주현. "열린 자아, 열린 세계로의 지향: Doris Lessing 의 *The
　　　Golden Notebook* 소고." 『영어영문학』 제39권 3호(1993):
　　　641-60.

제임슨, 프레데릭. "포스트모더니즘과 소비 사회." 『포스트모던 문화』.
　　　이기우 옮김. 전주: 신아 출판사, 1995. 201-26.

홍덕선. "킹슬리 에이미스와 1950년대, 60년대 영국소설." 『현대 영미
　　　소설』. 제2집(1995): 97-116.

Andrews, Bonnie St. *Forbidden Fruit: On the Relationship between
　　　Women and Knowledge in Doris Lessing, Selma Lagerlof, Kate*

Chopin, Margaret Atwood. Troy, New York: The Whitston
Publishing Company, 1986.

Baer, Elizabeth Roberts. "'he Pilgrimage Inward': The Quest Motif
in the Fiction of Margaret Atwood, Doris Lessing, and Jean
Rhys." Unpublished Doctoral Dissertation, Indiana University,
1981.

Bloom, Harold, ed. *Doris Lessing*. New York: Chelsea House, 1986.

Bonomo, Jacquelyn. "The Free Woman and the Traditional Woman
in Novels by Doris Lessing: Analysis and Poetry." Unpublished
Doctoral Dissertation, Rutgers the State University of New
Jersey, 1980.

Brewster, Dorothy. *Doris Lessing*. New York: Twayne Publishers,
Inc., 1965.

Brooks, Ellen W. "The Image of Woman in Lessing's *The Golden
Notebook*." *Critique* 15(1973): 101-9.

Carey, Alfred A. "Doris Lessing: The Search for Reality." Unpubli-
shed Doctoral Dissertation, University of Wisconsin, 1965.

Carey, John L. "Art and Reality in *The Golden Notebook*."
Contemporary Literature 14(1973): 437-56.

Covey, Stephen R. *The 7 Habits of Highly Effective People:
Restoring the Character Ethic*. New York: Simon & Schuster
Inc. 1990.

Galin, Muge. "Deveolpment of the Self in the Sufi Way: From
Madness to Englightment in the Novels of Doris Lessing."
Unpublished M. A. Thesis, Ohio State University, 1985.

Halliday, Patricia Young. "The Pursuit of Wholeness in the Work of
Doris Lessing: Dualities, Multiplicities, and the Resolution of

Patterns in Illumination." Unpublished Doctoral Dissertation, The University of Minnesota, 1973.

Hinz, Evelyn J. and John J. Teunissen. "The Pieta as Icon in *The Golden Notebook.*" *Contemporary Literature* 14(1973): 457-71.

Howe, Florence. "A Conversation with Doris Lessing(1966)." *Doris Lessing: Critical Studies.* Ed. Pratt, Annis, and L. S. Dembo. Madison: The University of Wisconsin, 1974. 1-19.

Hynes, Joseph. "The Construction of *The Golden Notebook.*" *Iowa Review* 4(1973):100-13.

Kaplan, Carey, and Ellen Cronan Rose, eds. *Approaches to Teaching Lessing's The Golden Notebook.* New York: Modern Language Association, 1989.

Kaplan, Sydney J. *Feminine Consciousness in the Modern British Novel.* Urbana: University of Illinois, 1975.

Kegan, Robert. *The Evolving Self: Problem and Process in Human Development.* Cambridge: Harvard University Press, 1982.

Knapp, Mona. *Doris Lessing.* New York: Frederic Ungar Publishing Co., 1984.

Lessing, Doris. "The Small Personal Voice." *A Small Personal Voice.* Ed. Schlueter, Paul. London: Flamingo, 1994. 7-25.

__________. *The Golden Notebook.* New York: HarperPerennial, 1994.

Lightfoot, Marjorie. "Breakthrough in *The Golden Notebook.*" *Studies in the Novel* 7(1975): 277-84.

__________. "'Fiction' vs. 'Reality': Clues and Conclusions in *The Golden Notebook.*" *Modern British Literature* 2(1977): 182-88.

Marchino, Lois. "The Search for Self in the Novels of Doris Lessing." *Studies in the Novel* 4 (1972): 252-61.

Markow, Alice Bradley. "The Pathology of Feminine Failure in the Fiction of Doris Lessing." *Critique* 16(1974): 88-100.

Morris, Robert K. "Introduction." *Old Lines, New Forces: Essays on the Contemporary British Novel 1960-1970*. Ed. Morris, Robert K. London: Assoiated University Presses, 1976.

Pickering, Jean. *Understanding Doris Lessing*. Columbia: University of South Carolina, 1990.

Rich, Adrienne. *Of Woman Born: Motherhood as Institution and Experience*. New York: W. W. Norton & Company, Inc., 1976.

Rigney, Barbara H. *Madness and Sexual Politics in the Feminist Novel: Studies in Bronte, Woolf, Lessing, and Atwood*. Madison: The University of Wisconsin Press. 1978.

Rowe, M. Moan. *Doris Lessing*. New York: St. Martin's Press. 1994.

Rubenstein, Roberta. "Doris Lessing's *The Golden Notebook*: The Meaning of its Shape." *American Image* 32(1975): 40-58.

Sage, Lorna. *Doris Lessing*. New York: Methuen, 1983.

Schlueter, Paul. *The Novels of Doris Lessing*. London: Southern Illinois University Press, 1973.

Shabka, Margaret Collins. "The Writer's Search for Identity: A Redefinition of the Feminine Personality from Virginia Woolf to Margaret Drabble and Doris Lessing." Unpublished Doctoral Dissertation, Kent State University, 1981.

Selden, Raman. *A Reader's Guide to Contemporary Literary Theory*. New York: Harvester Wheatsheaf, 1989.

Spacks, Patricia Meyer. "Free Women." *Doris Lessing*. Ed. Harold

Bloom. New York: Chelsea, 1986.

Spiegel, Rotraut. *Doris Lessing: The Problem of Alienation and the Form of the Novel.* Frankfurt: Peter D. Lang, 1980.

Sprague, Claire. "Introduction." *Critical Essays on Doris Lessing.* Ed. Sprague, Claire, and Virginia Tiger. Boston: G. K. Hall & Co., 1986. 1-26.

____________. *Rereading Doris Lessing: Narrative Patterns of Doubling and Repetition.* Chapel Hill: The University of North Carolina, 1987.

Thomas, Kathleen S. "The Process of Identity Formation through Transcendence in the Modern Novel." Unpublished Doctoral Dissertation, Florida State University, 1996.

Toy, Phyllis S. "An Homage to Clio: Self, Memory, and History in Five Twentieth-Century Novels." Unpublished Doctoral Dissertation, The University of Chicago, 1995.

Vlastos, Marion. "Doris Lessing and R. D. Laing: Psychopolitics and Prophecy." *Critical Essays on Doris Lessing.* Ed. Sprague, Claire, and Virginia Tiger. Boston: G. K. Hall & Co., 1986. 126-40.

Watson, Barbara Bellow. "Leaving the Safety of Myth: Doris Lessing's *The Golden Notebook.*" *Old Lines, New Forces: Essays on the Contemporary British Novel 1960-1970.* Ed. Morris, Robert K. London: Assoiated University Presses, 1976.

Weedon, Chris. *Feminist Practice and Poststructrualist Theory.* New York: Basil Blackwell, 1989.

Whittaker, Ruth. *Doris Lessing.* New York: St. Martin's Press, 1988.

· 저자 ·

최미양   · 약 력 ·
(崔美良)   숭실대학교 영어영문학과 졸업
         서강대학교 대학원 영어영문학과 졸업(문학석사)
         숭실대학교 대학원 영어영문학과 졸업(문학박사)
         숭실대학교 강사
         현 인천대학교 어학원 초빙교수

         · 주요논저 ·
         「Illusion and Reality in O'Neill's Plays, The Iceman Cometh and
           Long Day's Journey into Night」
         「도리스 레싱의 『황금빛 노트』와 열린 자아」
         『청지기 리더십』(역)
         외 다수

도리스 레싱의 『황금빛 노트』와 상호의존적 자아

· 초판 인쇄 | 2006년 11월 20일
· 초판 발행 | 2006년 11월 20일

· 지 은 이 | 최미양
· 펴 낸 이 | 채종준
· 펴 낸 곳 | 한국학술정보㈜
          경기도 파주시 교하읍 문발리 526-2
          파주출판문화정보산업단지
          전화 031) 908-3181(대표) · 팩스 031) 908-3189
          홈페이지 http://www.kstudy.com
          e-mail(출판사업부) publish@kstudy.com
· 등   록 | 제일산-115호(2000. 6. 19)
· 가   격 | 11,000원

ISBN 89-534-5886-2 93840 (Paper Book)
      89-534-5887-0 98840 (e-Book)